Dreisbach, Die Kinder von Markeden

ELISABETH DREISBACH

Die Kinder von Markeden

CHRISTLICHES VERLAGSHAUS
STUTTGART

1. Auflage 1951
1. Taschenbuch-Auflage 1995

Die Deutsche Bibliothek – CIP-Einheitsaufnahme

Dreisbach, Elisabeth:
Die Kinder von Markeden / Elisabeth Dreisbach.
– 1. Taschenbuch-Aufl. – Stuttgart : Christliches Verlagshaus, 1995
ISBN 3-7675-7031-9

Umschlaggestaltung: Dieter Betz, Weissach
Gesamtherstellung: Druckhaus West GmbH, Stuttgart
ISBN 3-7675-7031-9

Vorwort

Wer die Bücher von Elisabeth Dreisbach liest, spürt auf jeder Seite etwas von ihrer großen Liebe zu den Menschen. Sie geht aus von ihrer Liebe zu Gott. Vielleicht macht gerade dieser in der heutigen Literatur so selten anzutreffende Umstand den Reiz aus, ihre Erzählungen zu lesen, auf ihre kostbare Botschaft von der versöhnenden und zurechtbringenden Gnade Gottes zu hören. Dabei geht es manchmal recht derb zu. Die Gestalten von Elisabeth Dreisbach sind meist einfache Leute, die fest im Leben stehen und die nicht zimperlich mit anderen umgehen. Das mag auch damit zusammenhängen, daß ihre geschilderten Personen oft in Familien mit recht gewitzten Kindern zu finden sind. So gibt es immer wieder Anlaß, außer den Tränen der Trauer über Schicksalsschläge und böses Treiben einzelner auch Lachtränen wegzuwischen. Die Autorin kann urkomische Situationen schildern; sie kann aber auch Nöte auf eine Art und Weise beschreiben, die betroffen macht und mitleiden läßt. So ist es bei ihren Erzählungen: Freud und Leid wechseln ab; sie durchdringen sich. Böses und Gutes kämpfen oftmals in einer ihrer Gestalten um die Oberhand. – Wie es im Leben ist!

Auch in der vorliegenden Erzählung erweist sich Elisabeth Dreisbach als Anwältin der Armen, der Habenichtse, der Heimatlosen und Flüchtlinge. Welch ein aktuelles Thema 1995, 50 Jahre nach Kriegsende, hinsichtlich der zu beklagenden Fremdenfeindlichkeit in unserem Land: Sie hat zu jeder Zeit ihr Gesicht gezeigt. *Heute* ist es derselbe Haß gegen Asylanten und überhaupt gegen Fremde, der *damals* – nach dem Zweiten Weltkreig – Flüchtlinge, Vertriebene aus dem Osten traf. Sie wurden als Eindringlinge angefeindet. Ihnen wurde geradezu ihr Lebensrecht streitig gemacht – einzig aus der Tatsache, daß sie nicht unter ihnen geboren und aufgewachsen, also Fremde waren, die den Einheimischen vermeintlich etwas wegnahmen, was ihnen nicht zustand. Wieviel Gehässigkeit begegnete den Armen, die nichts dafür konnten, daß sie ihre Heimat verloren hatten. Vielleicht sind es *morgen* die Christen, denen der »Makel des Fremden« anhaften wird?

Wenn es nicht auch in der Nachkriegszeit Menschen gegeben hätte, die den Fremden mit Verständnis und uneigennütziger Liebe begegnet wären, hätte diese Erzählung nicht geschrieben werden können. Solange es sie gibt, *damals, heute* und *morgen,* bleibt die Gewißheit, daß Gott Segensträger in dieser Welt hat.

Frühjahr 1995 Der Verlag

Marienka war wütend.

»Du mußt doch einsehen, daß es der größte Blödsinn ist, daß wir hierher gekommen sind.« Die Vierzehnjährige blickte empört auf ihren um zwei Jahre älteren Bruder, der wie ein Erwachsener angestrengt überlegend mit seiner Mutter und den beiden Schwestern vor dem Stuttgarter Hauptbahnhof stand.

»Wieso Blödsinn?« fragte Andreas. »Du kannst dir doch noch gar kein Urteil erlauben, nachdem wir soeben erst eingetroffen sind.«

Das Mädchen wies mit der Hand geringschätzig auf die Trümmer der eingestürzten Häuser in der Nähe des Bahnhofs.

»Na, sieht es hier etwa anders aus als bei uns zu Hause?«

»Hast du dir etwa eingebildet, daß du hier Zustände wie im Frieden antreffen würdest? Das sähe deinem kümmerlichen Gehirn natürlich ähnlich. Auf alle Fälle kannst du mich für die scheußlichen Verhältnisse nicht verantwortlich machen.«

Nun mischte sich Frau Pächter, die Mutter der Kinder, in das Gespräch ein. Sie hatte bisher schweigend bei ihnen gestanden und mit dem traurigen Blick, der ihr seit Monaten eigen war, das Bild der neuen Umgebung in sich aufgenommen.

»Ich finde es nicht schön«, sagte sie, »daß ihr euch schon wieder zankt. Ich meine, wir hätten jetzt anderes zu tun.«

Andreas griff nach ihrer Hand. »Verzeih, Mutter, ich wollte dir nicht weh tun. Aber Marienkas gedankenloses Gerede kann mich in wahre Wut versetzen. Sie weiß genau wie du, daß ich am allerliebsten mit euch zu Hause geblieben wäre. Daß wir hierher nach Stuttgart gefahren sind, war Vaters Wunsch. Aber du hast recht, ich habe

Wichtigeres zu tun, als mich mit ihr herumzustreiten. Da drüben steht ein Schutzmann, den will ich fragen, wie man zur Stitzenburgstraße kommt.«

Kathrin, das kleine fünfjährige Schwesterchen, hatte bis dahin auf einem Bündel Bettzeug gesessen und mit großen, staunenden Augen um sich geblickt. Trotz der Trümmer, die auch hier von dem Wüten des vergangenen Krieges sprachen, gab es für sie, das Landkind, so unendlich viel Neues zu sehen, daß sie aus dem Verwundern nicht herauskam.

»Seht nur die Menge Menschen!« rief sie. »Und lauter Autos! Und sind das dort drüben die elektrischen Bahnen? Und warum steht der Mann mit der blauen Uniform und den weißen Handschuhen mitten auf dem Platz? Macht der Turnübungen? Wem winkt er denn immer? Hat er keine Angst, daß er überfahren wird? Ich würde mich fürchten. Und schau nur, Marienka, da führt eine Treppe in die Erde hinein. Ist da unten ein Keller? – Und hört nur, Musik kommt aus dem Boden heraus. Was ist denn da los?« – Eine Frage löste die andere ab.

Es war aber auch zu interessant, all das Neue zu sehen. Kathrin schien sich nicht zu verwundern, daß die Mutter keine ihrer Fragen beantwortete. Es war in der letzten Zeit fast immer so gewesen. Sie wurde immer schweigsamer, und oft weinte sie. Wenn dann die Kleine ihre Ärmchen um den Hals der Mutter legte und sie fragte: »Warum bist du denn wieder so traurig, Muttchen?« dann konnte sie das Kind fest an sich drücken, und es klang wie ein Stöhnen, wenn sie antwortete: »O Kathrin, es wäre für uns alle besser gewesen, die Trümmer unseres Hauses hätten uns erschlagen.« Das fand die Kleine aber nun keineswegs. Mit großer Spannung sah sie den kommenden Dingen entgegen. Stuttgart war das Ziel ihrer langen Reise. Das wußte sie. Onkel und Tante, die hier wohnten, würden sich ganz gewiß sehr über ihr Kommen freuen. Andreas hatte ihr erzählt, daß dort auch ein kleines Mädchen sei. Mit dem würde sie gewiß fein spielen können. Wenn man nur erst da wäre! Es ging Kathrin genau wie den anderen. Man hatte so genug von der endlosen, langen Fahrt.

Die Kleine hielt auf ihrem Schoß mit beiden Händen ein rundes Henkelkörbchen fest. Von Zeit zu Zeit hob sie den Deckel ein wenig, beugte sich darüber und flüsterte zärtliche Worte in das Körbchen hinein.

»Nun dauert's nicht mehr lange«, sagte sie fest, »dann sind wir da und ihr dürft im Garten und auf der Wiese herumspringen und bekommt schönes Gras und ganz große Löwenzahnblätter. Jetzt müßt ihr bald nicht mehr eingesperrt sein, ihr Armen!« Über den Rand des Körbchens schob sich ein rosa Hasenmäulchen und schnupperte neugierig in die Luft. Es wurde von Kathrins Händchen liebevoll, aber doch energisch zurückgedrängt. »Muckel, sei nicht so vorwitzig. Hier kannst du nicht heraus. Hier ist nämlich Stuttgart. Das ist anders als bei uns zu Hause. Hier wirst du überfahren. Du glaubst ja nicht, wie viele Autos es gibt.«

In diesem Augenblick kehrte Andreas zurück, der beim Verkehrsschutzmann den Weg zur Stitzenburgstraße erfragt hatte. »Wir müssen mit der Straßenbahn fahren«, sagte er, »und dummerweise auch noch umsteigen. Das wird etwas geben mit unserem vielen Gepäck.« Jeder belud sich darauf mit dem, was ihm zugewiesen war. Allerdings konnte man es ganz gut tragen. Es war nicht viel, was sie hatten retten können, und doch war es ihnen so wertvoll, denn die paar Schachteln und Koffer und die zwei großen Bündel bargen all ihr Hab und Gut in sich.

Beim Einsteigen in die volle Straßenbahn hieß es zunächst noch verschiedene Schwierigkeiten zu überwinden. Erst wollte der Schaffner sie nicht mitnehmen.

»Wir sind doch kein Gepäckwagen«, fuhr er die Frau mit ihren Kindern an. »Ihr seht doch, daß der Wagen bereits überfüllt ist.« Auch einige Fahrgäste schimpften.

Schließlich legte ein alter Mann ein gutes Wort für sie ein. »Seht ihr nicht, daß die Frau sich kaum auf den Füßen halten kann? Die macht mit ihren Kindern bestimmt keine Vergnügungsreise. Oder haben wir hier in Stuttgart uns schon derartig an das Flüchtlingselend gewöhnt, daß wir es gar nicht mehr sehen? Auf – rückt zusammen! Mit ein wenig gutem Willen haben wir alle hier drinnen noch Platz mitsamt dem Gepäck. Ich meine, wir sollten in dieser trostlosen Zeit alle ein wenig mehr gegenseitige Rücksichtnahme lernen.«

Man murrte und maulte zwar noch ein wenig weiter, wenn auch nur halblaut, aber niemand wagte, sich dem alten Mann direkt zu widersetzen. Die Fahrgäste rückten zusammen und Pächters fanden mit ihrem Hab und Gut in der Straßenbahn Platz. Kathrinchen mußte nun wieder mit ihren beiden Kaninchen flüstern. »Jetzt fahren wir mit der elektrischen Bahn, aber ihr braucht keine Angst zu haben.« Und dann gewann sie die Herzen der Leute gar schnell, als sie einer dicken Marktfrau, die behäbig auf ihrem Platz saß, das Körbchen ohne weiteres auf den Schoß setzte und mit ihrem herzigen Lächeln bat: »Du, Frau, halt' du jetzt ein Weilchen meine Häschen. Dann werden sie nicht so arg hin und her geschaukelt. Weißt du, wir sind nämlich noch nie elektrische Bahn gefahren.« Die Fahrgäste lächelten, während die dicke Frau den Wunsch des kleinen Mädchens erfüllte.

»Wo kommst du denn mit deinen Hasen her?« fragte sie wohlwollend. »Deiner Sprache nach bist du nicht von hier.« Kathrinchen war sofort bereit, Auskunft zu geben, obgleich Marienka ihr einen warnenden Blick zuwarf. Was ging es die Fremden an, woher sie kamen! – Aber die Kleine gab seelenruhig Antwort. »Wir kommen von weit, weit her. Von Markeden. Und wir sind schon viele Wochen unterwegs. Aber jetzt bleiben wir immer in Stuttgart bei Onkel Bruno und Tante Britta. Die haben ein schönes Haus und viele Zimmer und einen großen Garten und eine Schaukel und ein Auto, und ich darf mit Elvira spielen.« – Sie hätte gewiß noch mehr ausgeplaudert, wenn nicht Andreas seine Hand auf ihren kleinen Plaudermund gelegt hätte.

Er beugte sich zu ihr herunter und flüsterte ihr zu: »Sei still, Kathrinchen! Kleine Kinder dürfen in der Straßenbahn nicht so viel sprechen. Sonst wirft der Schaffner sie hinaus.« Die Kleine verstummte erschrocken. – Aber doch war sie es gewesen, die mit ihrem harmlosen Plaudern eine Brücke zu den Fahrgästen geschlagen hatte. Ein Herr erhob sich und bot Frau Pächter seinen Sitzplatz an. Wie froh war sie. Länger hätte sie nicht stehen können. – Wenn nur ihre Kraft ausreichte, bis die Kinder an Ort und Stelle waren!

Inzwischen saßen Onkel Bruno und Tante Britta mit ihrem Töchterchen Elvira und deren Pflegerin in ihrem schön eingerichteten Eßzimmer am Kaffeetisch. Julie, ihr Hausmädchen, hatte soeben aus der Küche auf einem Tablett Brot, Brötchen und selbsteingekochte Marmelade hineingetragen. »Milch haben wir auch heute morgen leider nicht bekommen«, sagte sie. »Vielleicht gibt es am Nachmittag ein viertel Liter Magermilch.« Nachdem sie die Flamme unter der Teemaschine angezündet hatte, verließ sie das Zimmer und stand draußen im Vorraum noch eine Weile vor dem großen Spiegel, sich wohlgefällig von allen Seiten betrachtend. Sie zupfte sich ein paar Löckchen in die Stirn, band die Schleife an ihrer blütenweißen Schürze noch einmal frisch und fand, daß sie ein ansehnliches Persönchen sei.

Währenddessen strich Frau Britta ihrem Töchterchen ein Brötchen mit Kirschenmarmelade. »Ach Kind«, seufzte sie, »mir bricht fast das Herz, wenn ich daran denke, wie lange du nun schon auf die notwendigsten Nahrungsmittel verzichten mußt. Wer hätte je gedacht, daß du einmal Brot ohne Butter essen und Kaffee ohne Milch trinken mußt. Es ist kein Wunder, daß du immer schmächtiger wirst. Man könnte verzweifeln.«

»Aber Britta«, versuchte ihr Mann einzulenken. »Dein Klagen ist wirklich nicht angebracht. Erstens hat Elvira doch Krankenzulage, dann brachte uns ein Händler vom Lande erst gestern ein ganzes Pfund Butter. Außerdem konnte ich ein Dutzend Eier im Tausch für Elvira besorgen. Wir haben keinen Grund zu jammern. Geh' einmal hinunter in die Stadt und sieh dir dort die Elendsgestalten auf der Straße an. Da kannst du wirklich ausgehungerte Menschen sehen. Mir ist es bisher noch immer geglückt, für unser Kind nebenbei etwas zu ergattern. Dazu ist es uns im Vergleich mit tausenden anderen unerhört gut gegangen. Hätte es nicht sein können, daß auch unser Haus wie die meisten in unserer Nachbarschaft, sogar ganze Straßen unten in der Stadt, zerstört worden wäre?«

Elvira, das elfjährige Töchterchen, schmiegte sich an den Vater. »Du hast recht, Papa, es geht uns immer noch sehr gut.«

Frau Pächter legte die Hand an die Schläfe und schloß die Augen, als bereite ihr allein das Zuhören körperlichen Schmerz. Griesgrämig antwortete sie ihrem Mann: »Du hast mir dieses lächerliche Trostlied schon so oft vorgesungen, daß ich es schon auswendig kann. Wie kannst du sagen, es ginge uns gut, während wir doch hier bei schwarzem Kaffee und trockenem Brot sitzen?«

»Nun hör' aber auf«, erwiderte Herr Pächter, jetzt auch verärgert. »Natürlich haben auch mir die Zeiten besser gefallen, da wir zum Frühstück gebackene Eier und Schinken essen konnten. Aber dein ewiges Jammern ändert doch nun einmal nichts an den schwierigen Verhältnissen. Ich bleibe dabei, daß unser Leben noch sehr erträglich ist und es uns weit besser geht als tausend anderen.« Schwester Elly, die Pflegerin Elviras, die mit am Kaffeetisch saß, nickte zustimmend mit dem Kopf. Sie wagte jedoch nicht, ihre Gedanken auszusprechen. Es war nicht ratsam, sich mit der reizbaren Frau Pächter anzulegen. In ihrem Innern empörte sie sich jedoch immer wieder über diese Unzufriedenheit. Weiß Gott, es ging ihnen noch recht gut!

In diesem Augenblick läutete die Hausglocke. Wenig später vernahm man erregtes Sprechen. Die Stimme des Hausmädchens drang bis ins Eßzimmer hinauf.

»Das muß ein Irrtum sein – hier wohnen ihre Verwandten bestimmt nicht. – Erkundigen Sie sich noch einmal genau nach der Adresse. – Es gibt in Stuttgart verschiedene Familien mit dem Namen Pächter. – Nein – es ist ganz zwecklos, ich brauche meine Herrschaft erst gar nicht zu fragen – das sehe ich schon an Ihrer Aufmachung. – Die Verwandten von Herrn und Frau Pächter sehen anders aus.«

Herr Pächter schob seinen Stuhl energisch zurück. – »Was fällt denn dieser Julie ein? Ganz gleich, wer da gekommen ist, in diesem Ton hat sie mit niemand zu sprechen.« Gleich darauf stand er vor den Flüchtlingen, Frau Pächter mit Andreas, Marienka und Kathrinchen. Einen Augenblick stutzte er, dann schallte es durch das Haus: »Marlene – du? Und das sind gewiß deine Kinder! – Ihr Armen – wie seht ihr aus – und was mögt ihr durchgemacht haben. – Kommt nur gleich herauf. – Um Gottes willen, Marlene, du wirst ja totenbleich!« Er umfaßte die Wankende. »Stütze dich auf mich – meinst du, wir schaffen es noch miteinander bis in den ersten Stock hinauf? – Julie – gaffen Sie nicht so herum! Fassen Sie doch zu – sehen Sie denn nicht, daß die Frau zusammenbricht? – Im übrigen habe ich nachher noch ein Wörtchen unter vier Augen mit Ihnen zu sprechen.« – Aber nicht nur Frau Marlene Pächter war erbleicht, sondern auch ihre Schwägerin, Frau Britta, die noch immer im Frühstückszimmer am Kaffeetisch saß. Sie hatte die erregten Worte ihres Mannes wohl vernommen und ahnte, was ihr bevorstand. »Gerechter Himmel«, stöhnte sie. »Das hat uns gerade noch gefehlt. – Die werden sich doch nicht einbilden, hier bleiben zu können. – Marlene aus Markeden, diesem Dorf hinter dem Mond. – Wie lange habe ich sie nicht gesehen? – Es sind sechzehn, siebzehn Jahre her – und Kinder bringt sie auch mit? – Wahrhaftig, darauf habe ich gerade gewartet.«

»Sie sind doch zu tölpelhaft«, hörte sie ihren Mann soeben das Mädchen anfahren. »So nehmen Sie das Gepäck und tragen Sie es gleich in das oberste Stockwerk. Meine Schwägerin bleibt selbstverständlich mit den Kindern vorerst bei uns. – So, und jetzt hilfst du mir, Andreas, deine Mutter zu meiner Frau zu führen.«

Frau Britta glaubte in Ohnmacht fallen zu müssen. Was kam ihrem Mann in den Sinn, derartige Bestimmungen zu treffen, ohne vorher mit ihr Rücksprache genommen zu haben? Na, sie würde ihm ihre Meinung sagen, sobald sie mit ihm allein war! – Im Augenblick blieb ihr allerdings nichts anderes übrig, als gute Miene zum bösen Spiel zu machen. Seufzend erhob sie sich vom Kaffeetisch, um ihrer Schwägerin entgegenzugehen und sie zu begrüßen.

»Marlene – Du kommst zu uns? – Und das sind deine Kinder? – Ich hoffe, ihr habt euch die Schuhe gut abgeputzt. – So – vielleicht kommt ihr hier in das Nähstübchen. Im Frühstückszimmer haben wir gestern nämlich frisch eingewachst. – Du hörst doch, Bruno, was ich sage. – Ins Nähzimmer – nicht ins Frühstückszimmer.« Herr Pächter warf seiner Frau einen wütenden Blick zu, fügte sich dann aber ihrem Wunsche. Es war jetzt vor allem wichtig, daß sich die müde, schwache Frau erst einmal setzen konnte. – Sie sah aber auch zum Erbarmen aus, als sie sich in die Sofaecke sinken ließ. Die drei Kinder standen verlegen und von dem merkwürdigen Empfang peinlich berührt an den Wänden herum. Nein, so hatten sie sich das Kommen zu den Verwandten wahrlich nicht vorgestellt.

»Setzt euch doch«, sagte der Onkel. »Julie wird gleich ein Frühstück bereiten.« Er verließ das Zimmer, um dem Mädchen nähere Anweisungen zu geben. Diese Gelegenheit nahm seine Frau wahr, um den so unerwünscht hereingeschneiten Verwandten ihre Ansicht kundzutun.

»Wie nett von euch, daß ihr uns besuchen wollt«, sagte sie. »Allerdings hättet ihr eure Ankunft vorher anmelden sollen. Aber für eine Nacht können wir euch schon unterbringen. Es ist gut, daß ihr heute und nicht morgen kommt. Wir fahren nämlich morgen für längere Zeit nach Bayern in unser Sommerhaus.« In diesem Augenblick betrat Herr Pächter wieder das Zimmer und hörte somit die letzten Worte. Eine Sekunde sahen die Ehegatten sich stumm an. »Wehe, wenn du mir jetzt dazwischenredest und meinen Plan zunichte machst«, schienen Frau Brittas Blicke zu sagen, und: »Pfui, wie niederträchtig du bist!« war in ihres Mannes Augen zu lesen. Dann aber sagte er: »Von einer Reise nach Bayern kann jetzt natürlich nicht die Rede sein. Unsere erste Pflicht ist es, Marlene und die Kinder richtig unterzubringen und zu versorgen.« Da warf seine Schwägerin ihm einen dankbaren Blick zu und fing an, bitterlich zu weinen. Es war einfach zuviel für sie. Jetzt, da sie am Ende ihrer langen Reise war, brach sie buchstäblich zusammen. Andreas stellte sich neben die Mutter und legte den Arm um ihre Schultern. »Weine doch nicht, Muttchen«, sagte er. »Wir sind ja nun angelangt, und alles wird sicher gut.« Er hob den Blick offen und frei zu seinem Onkel und fuhr fort: »Sie hat an allem zu schwer getragen. Es geht einfach über ihre Kraft. Vater ist vermißt oder in Gefangenschaft, vielleicht auch tot. Wir wissen schon seit drei Jahren nichts mehr von ihm. Als er das letztemal auf Urlaub kam, nahm er der Mutter das Versprechen ab, daß sie mit uns, falls wir den Krieg verlieren würden, zu euch nach Stuttgart flüchten sollte. Nun sind wir schon so lange unterwegs. Nur kurze Zeit, bevor unser Dorf in Feindeshand fiel, flüchteten wir. Es ist wie ein Wunder, daß es uns gelang. Mutter war auf dem Transport oft so elend, daß sie tageweise in Krankenhäusern untergebracht werden mußte. Nun bin ich froh, daß wir es endlich geschafft haben. Länger hätte Muttchen bestimmt nicht unterwegs sein können. Und auch die beiden Mädchen konnten oft fast nicht mehr weiter. Marienka hatte manchmal geschwollene Füße.«

Herr Pächter beugte sich mit Tränen in den Augen, deren er sich auch vor seiner Frau nicht schämte, über seine Schwägerin. »Marlene, Rudolf hat recht gehabt, als er dich mit den Kindern zu mir verwies. Ihr sollt nicht umsonst an unsere Tür geklopft haben!«

Elvira lag auf dem Ruhebett in ihrem hübschen Zimmer, wo sie jeden Morgen von Schwester Elly massiert wurde. Das Kind war gelähmt. Eine schwere Krankheit, von der es in seinem vierten Jahr getroffen wurde, hatte die Lähmung beider Beine zur Folge. Die Eltern waren untröstlich. Die hervorragendsten Ärzte wurden zu Rate gezogen. In Bädern und Kurorten hatte man Heilung für das Kind gesucht, was Herrn Pächter ein Vermögen gekostet hatte. Aber Elvira konnte nicht auf ihren Füßen stehen. Gücklicherweise hatte sie keine Schmerzen auszuhalten. So war der Zustand wenigstens erträglich. Aber sie litt doch oft sehr darunter, nicht wie andere Kinder herumspringen zu können. Gar zu gerne wäre sie auch in die Schule gegangen wie die Buben und Mädchen in ihrer Nachbarschaft. Aber daran war natürlich nicht zu denken. So unterrichtete ein Hauslehrer Elvira täglich einige Stunden. – Das unverhoffte Eintreffen der ihr unbekannten Verwandten hatte das zarte Kind in große Erregung versetzt. Sie überschüttete ihre Pflegerin mit Fragen: »Schwester Elly, haben Sie die Leute gesehen? Sehen sie aus wie richtige Flüchtlinge? Wieviel Kinder sind es? Ist ein Mädchen in meinem Alter dabei? Wie lange werden sie wohl bei uns bleiben? Ich wollte, sie blieben immer hier. Dann hätte ich doch Spielkameraden. Aber der Mutti ist's nicht recht. Haben Sie das nicht auch gemerkt? Wann kommt denn endlich der Vati zu mir, damit ich ihn fragen und er mir erzählen kann?«

Sie wurde so aufgeregt, daß die Schwester sie zur Ruhe ermahnen mußte.

»Elvira, steigere dich nicht so in diese Sache. Du weißt, es schadet dir jedesmal. Siehst du, nun weinst du schon wieder. Du mußt es wirklich lernen, dich zu beherrschen. Aber sieh, da kommt schon dein Vater.«

Herr Pächter betrat das Zimmer seiner Tochter.

»Elvira, sieh nur, wen ich dir hier bringe. Eine doppelte Überraschung wartet auf dich.« Er wandte sich an seine kleine Nichte, die er an der Hand führte, und sagte:

»Dies ist meine Tochter Elvira. Kathrinchen, ich hoffe, ihr beide werdet gute Spielkameraden werden.«

Elvira richtete sich halb auf. Ihre Tränen waren halb versiegt, und sie konnte es kaum erwarten, das nette kleine Mädchen, das da so plötzlich als ihre neue Verwandte hereingeschneit war, näher kennenzulernen.

Kathrin hatte indessen ihr Deckelkörbchen, das sie nicht aus den Händen gab, auf den Tisch gestellt. Geheimnisvoll flüsterte sie hinein. Dann wandte sie sich an Elvira.

»Du, Mädchen, komm du mal zuerst zu mir und guck, was ich hier in dem Körbchen habe. So was Niedliches hast du in deinem ganzen Leben noch nicht gesehen.«

»Ich kann nicht zu dir kommen, Kathrin«, erwiderte Elvira. »Ich kann doch nicht gehen.«

»Nicht gehen? – Wieso nicht? Du hast doch Beine.«

Jetzt nahm Schwester Elly die Kleine liebevoll bei der Hand und führte sie zu Elvira. »Es stimmt schon, daß sie Beine hat, aber die sind gelähmt. Elvira kann nicht herumspringen wie du, sie kann nicht einmal auf ihren Füßen stehen, und darum ist sie so froh, daß du ihre kleine Spielkameradin sein willst.«

Voller Entsetzen hatte das Kind zugehört. Wie schrecklich war das! Füße haben und nicht stehen und nicht springen können! Immer, immer liegen müssen! Oh, oh, es war nicht auszudenken. Ehe jemand der Anwesenden es verhindern konnte, war Kathrin auf das Bett gesprungen, ungeachtet, daß sie mit ihren schmutzigen Schuhen die weiße Bettdecke beschmutzte. Stürmisch umarmte sie das gelähmte Mädchen. »Du Arme, wie tust du mir leid. Aber geht es wirklich nicht? Versuch's doch mal! Wenn du doch richtige Füße hast, muß es doch gehen. Probier's doch mal – halt dich an mir fest.« Am liebsten hätte Kathrin Elvira aus dem Bett gezogen.

In diesem Augenblick stieß Schwester Elly einen leichten Schrei aus. »Um alles in der Welt, was ist denn das?« Die beiden Kaninchen hatten den Deckel ihres Körbchens gehoben und sich selbständig gemacht. Flugs sprangen sie vom Tisch herunter und verschwanden blitzschnell unter dem Schrank.

»Muckelchen – Hoppel!« rief Kathrin erschrocken und war nun gleichfalls mit einem Satz aus dem Bett. »Onkel, schnell, hilf mir, daß ich sie wieder einfange! Hast du keinen Spazierstock oder einen Schirm? Man muß sie damit unter dem Schrank hervorholen.«

Und nun geschah es tatsächlich, daß der Lederfabrikant Bruno Pächter sich auf die Erde legte und mit seinen langen Armen versuchte, unter dem Schrank die beiden weißen Hasenkinder hervorzuangeln. Er gab sich redliche Mühe, zumal er sah, daß Elvira vor Erwartung ganz außer sich geriet.

»Ihren Schirm brauche ich, Schwester Elly«, rief er. »Schnell, bringen Sie ihn mir.« Gleich darauf kniete die Pflegerin neben dem Hausherrn auf dem Boden. Aber auch ihren vereinten Kräften gelang es nicht so schnell, die flinken, jetzt ganz verscheuchten Tierchen einzufangen. Husch, waren sie vom Schrank unters Bett gesprungen, von dort hinter Elviras Bücherkästchen, und weiter. Über Elviras Gesicht liefen Tränen, aber es waren Lachtränen. Sie saß zwischen ihren Kissen und krümmte sich vor Lachen. In ihrem ganzen Leben hatte sie einen solchen Spaß noch nicht erlebt. In großem Eifer bemühten sich Schwester Elly und ihr Vater, die niedlichen, kleinen Ausreißer einzufangen, angefeuert durch Kathrinchens Zurufe.

»Onkel – da – da! – Jetzt sind sie wieder unter dem Schrank – schnell, Onkel, schnell, faß sie doch!«

Und nun kam das Allerschönste. Die Tür öffnete sich,

und Frau Britta Pächter, die gekommen war, um ihren Mann zu einer ernsten Unterredung unter vier Augen zu rufen, stand auf der Schwelle. Vor Staunen und Entsetzen blieb ihr das Wort im Halse stecken. Was war denn hier los? Ihr Mann kroch auf dem Boden umher und fuchtelte mit einem Schirm unter den Möbeln herum. Neben ihm kniete mit hochroten Backen Schwester Elly, und dieses verwilderte kleine Geschöpf, diese Kathrin, lag bäuchlings unter Elviras Bett und schlug einen befehlenden Ton an, der nach ihrer Meinung geradezu herausfordernd, ja unverschämt zu nennen war. Elvira aber schien begeistert zu sein. Ihre Stimme überschlug sich vor Erregung, als sie rief: »Mutti, Mutti, solch einen Spaß habe ich noch nie erlebt. Sieh nur den Vati – schade, daß wir jetzt keine Aufnahme machen können. Und guck nur, dort und dort, da sind diese süßen kleinen Häschen – Mutti, schnell, halt sie doch fest, da drüben sind sie doch ganz in deiner Nähe. – Schnell, Mutti, schnell!«

Aber Frau Pächter ging gar nicht auf diese Bitte ein. Sie, die ihre Tochter sonst maßlos verwöhnte, fuhr sie an: »Jetzt höre bloß mit deinen Albernheiten auf! Du benimmst dich ja geradezu lächerlich.«

Elvira verstummte erschrocken. Schwester Elly stand verlegen auf, nur Herr Pächter und die kleine Kathrin ließen sich in ihrer wichtigen Beschäftigung nicht stören. Und tatsächlich, nach einigen Augenblicken gelang es ihnen, der kleinen Ausreißer habhaft zu werden. Schweratmend stand Herr Pächter vor seiner Frau und klopfte sich den Staub von den Hosenbeinen. Dann blickte er sie gereizt an und fragte: »Und du wünschst?« Er sah, wie empört sie war und war nicht bereit, sich in irgendeiner Weise Vorschriften machen zu lassen. Übrigens würde er ihr schon klarmachen, wie häßlich er es fand, daß sie von einer Reise nach Bayern gesprochen hatte, von der nie vorher die Rede gewesen war, nur weil sie die Verwandten unter keinen Umständen im Hause haben wollte. – Herr und Frau Pächter verschwanden in ihr Schlafzimmer; gleich darauf drang ein heftiger Wortwechsel durch die geschlossene Tür.

Es war am nächsten Tag. Frau Marlene Pächter war mit ihrer Tochter im Fremdenzimmer des Hauses untergebracht worden. Es war für ihre Begriffe sehr vornehm eingerichtet. – Andreas hatte man ein Bett in einer der bisher unbenutzten Bodenkammern aufgeschlagen. Frau Pächter hatte sich legen müssen. Es würde wohl eine Reihe von Tagen dauern, bis sie sich von den hinter ihr liegenden Strapazen einigermaßen erholt haben würde. Müde lag sie in den Kissen. Sie sah verzagt aus. Gewiß beschäftigten sich ihre Gedanken mit dem, was ihre beiden ältesten Kinder soeben aussprachen.

»Daß sie uns nicht gerade mit großem Jubel aufnehmen würden, war zu erwarten«, sagte Andreas, »aber daß Tante Britta ihren Ärger so deutlich zeigte, das finde ich allerhand. Das hätte sie Muttchen nicht antun dürfen.« Der Junge stand am Fenster, trommelte erregt an die Scheiben und machte seinem Unmut Luft.

Die Mutter legte die Hand an die Schläfe. »Andreas, laß doch das Klopfen an die Scheiben bleiben. Mir ist, als müsse mein Kopf zerspringen.«

Der Junge gehorchte sofort. Besorgt trat er an das Bett der Mutter. »Soll ich dir einen kalten Umschlag machen?« Er füllte am Waschbecken eine Schüssel mit Wasser, tauchte fürsorglich ein Tuch hinein, wand es geschickt aus und legte es auf die Stirn der Mutter. »So, das wird dir gut tun.«

Frau Pächter warf ihm einen dankbaren Blick zu. Wahrhaftig, der Junge hatte ihr schon über manche schwere Stunde hinweggeholfen. Marienka hing zwar nicht weniger an der Mutter, aber ihr Wesen war oberflächlicher als das des Bruders. Die Mutter wunderte sich oft, daß die schweren Kriegs- und Fluchterlebnisse keinen tiefen Eindruck auf das junge Mädchen gemacht hatten. Eigentlich war sie von Mal zu Mal unzufriedener geworden, während Andreas' Charakter sich in diesen Schwierigkeiten sichtlich festigte.

Jetzt stand Marienka vor dem Spiegel, um eine neue Frisur auszuprobieren. Sie wandte sich dem Bruder zu. »Und dieser albernen Person, der Julie, werde ich nie vergessen, wie sie sich uns gegenüber benommen hat, als wir gestern ankamen. So etwas von Einbildung ist mir wirklich noch nie begegnet. Aber laß nur, die werde ich es fühlen lassen.«

»Und doch bist du seit einer halben Stunde eifrig bemüht, dir dieselbe lächerliche Frisur hinzudrehen, wie dieses dumme Ding sie hat.«

»Das geht dich ja schließlich nichts an!« fuhr Marienka hoch.

»Sei doch nicht gleich so empfindlich«, begütigte Andreas, der vermeiden wollte, daß sich die Mutter wieder aufregte. »Jedenfalls siehst du viel besser aus mit deinen Hängezöpfen, und übrigens haben wir, wie du genau weißt, kein Geld für Dauerwellen und derartiges unnütze Zeug.« Er warf einen Blick auf die Mutter und fuhr, in der Meinung, daß sie am Einschlafen sei, leise fort, indem er zu seiner Schwester trat: »Wir werden überhaupt miteinander beraten müssen, was weiter geschehen soll, wenn die Tante uns nicht hier haben will, und sie macht ja keinen Hehl daraus, daß wir ihr unerwünscht gekommen sind.«

»Ja, um Gottes Willen, wo wollen wir denn hin und was sollen wir tun?« Und nun warf Marienka den Kamm auf die Erde, stampfte mit dem Fuß auf und begann hemmungslos zu weinen. »Dieser elende Krieg! Wären wir doch zu Hause in Markeden geblieben! Da hatten wir wohl nicht so vornehme Möbel und unser Haus war alt und krumm, aber wir waren daheim und mußten uns nicht ständig vorhalten lassen, daß wir Eindringlinge und überflüssig sind.«

Andreas bemühte sich, die Schwester zu beruhigen. »So sei doch vernünftig, Marienka. Weine nicht so laut. Ich war so froh, daß Muttchen endlich ein wenig einschlief – sieh, jetzt hast du sie wieder aufgeweckt.«

Frau Pächter richtete sich auf. »Ich habe nicht geschlafen, sondern alles gehört, was ihr gesprochen habt. – Kommt einmal her zu mir, ihr beiden. Ich möchte einiges mit euch bereden. – So, Marienka, setze du dich auf diese Seite und Andreas hierher, und während du dir deine Zöpfe flechtest, wollen wir uns überlegen, was wir zu tun haben. Mein Gesundheitszustand ist so, daß an ein Weiterwandern vorerst nicht zu denken ist. Wenn mich Gott euch nur noch erhält. – Oft ist mir, als hätte ich nur noch eine kleine Wegstrecke zu wandern. – Und das Heimweh nach unserem kleinen Haus will mich manchmal ganz überwältigen.«

»Mutter, du darfst nicht so reden«, unterbrach Andreas sie. »Was machen wir denn ohne dich, zumal wir von Vater nichts wissen?«

»Ich will ja auch noch für euch da sein«, fuhr die Mutter fort, »aber wir müssen uns darüber klar sein, daß schwere Zeiten vor uns liegen, und daher müssen wir erst recht zusammenhalten, und auch von euch, meinen beiden Großen, muß ich erwarten können, daß ihr euch bemüht, euch zu beherrschen und nicht immer wieder in die kleinen, häßlichen Zankereien zu fallen, die mir schon so viel Kummer bereitet haben. – Seht, wir sind nun einmal auf unsere Verwandten hier in Stuttgart angewiesen. Und wenn Vater wirklich zu uns zurückkehren sollte« – ihre Stimme schwankte, sie litt unsagbar darunter, gar nichts von ihm zu wissen –, »dann sucht er uns bestimmt hier bei seinem Bruder. Onkel Bruno hat uns ja wirklich freundlich aufgenommen. Ich glaube, daß er auch damit rechnet, daß wir vorerst hier bei ihm bleiben, aber Tante Britta hat sich noch nicht damit abgefunden, das ist deutlich zu merken. Nun müssen wir alles tun, um ihnen so wenig wie möglich zur Last zu fallen. Das heißt, wir müssen zurückhaltend, bescheiden und anspruchslos sein. Vor allem wollen wir uns auch nützlich machen. Du, Marienka, kannst gewiß der Tante schon manche Arbeit im Haus abnehmen oder Julie in der Küche helfen.«

Marienka unterbrach die Mutter erregt: »Nein, der helfe ich nicht, nachdem sie uns gestern so unverschämt entgegengetreten ist.«

Frau Pächter sah ihre Tochter ernst an. »Glaubst du, daß du mit dieser Gesinnung weiterkommst? Wir sind nun einmal abhängig von der Freundlichkeit unserer Verwandten. Jetzt wissen wir, was es heißt, heimatlos zu sein.« – Die Mutter schwieg und die Kinder sahen mit Bangen, daß der schwermütige Zug, der sich seit Monaten immer wieder auf ihrem Gesicht zeigte, auch jetzt wieder deutlich hervortrat.

»Oh, dieser unselige Krieg!« stöhnte Marienka aufs neue. – Und dann saßen sie alle drei lange Zeit schweigend beieinander. Und ihre Gedanken gingen die gleichen Wege. Nach Markeden eilten sie, in das kleine Fischerdorf am Meeresstrand. Dort hatte ihr Haus gestanden, das alte, schiefe Bauernhaus, in dem alle vier Kinder das Licht der Welt erblickt hatten. Nur wenige Kleinbauern hatten in dem Dorf gelebt, die meisten Männer waren Fischer. Niemand hatte Überfluß gehabt. Sie waren aber alle dankbar, wenn sie ihr tägliches Brot hatten, und lebten genügsam und zufrieden. Vielleicht war es der harte Lebenskampf, den sie führen mußten, der diese Menschen dort oben frühzeitig reif werden ließ. Selbst die Jungen blickten ernst und versonnen ins Leben. Sie sprachen auch nicht viel, wenigstens nicht unnötig, desto mehr waren sie stille Beobachter, und manch kluger Kopf war unter ihnen, der im späteren Leben einen wichtigen Platz ausfüllte. Vor allem aber war eine tiefe, echte Frömmigkeit noch unter ihnen zu finden.

Rudolf Pächter war mit seinem Bruder Bruno und noch etlichen Geschwistern in dem kleinen Bauernhaus in Markeden aufgewachsen. Er war stiller und nachdenklicher, wohl auch langsamer als sein temperamentvoller und immer unternehmungslustiger Bruder. Dieser zog als junger Mann in die Ferne, nicht etwa mit dem Vorsatz, das kleine Fischerdorf, die Heimat, zu vergessen, sondern die Welt kennenzulernen. – Er war dann auch in Holland, in Dänemark, in Ungarn und in der Schweiz gewesen und ließ sich schließlich in Württemberg nieder, wo er als tüchtiger Kaufmann die einzige Tochter eines Lederfabrikanten, Britta, heiratete. Ein einziges Mal war er mit ihr während der Brautzeit in Markeden gewesen. Aber die örtlichen und ebenso die familiären Verhältnisse hatten dem verwöhnten jungen Mädchen nicht zugesagt, und seitdem war man nicht mehr in Markeden gewesen. Briefe wurden nur spärlich gewechselt, und so wußte man eigentlich nur wenig voneinander, als Frau Marlene mit ihren Kindern als heimatlose Flüchtlinge in das Haus der Verwandten in Stuttgart kamen. – Marlene war die älteste Tochter eines Fischers und stand zu denen vom Pächterhof von ihrer Kindheit an in einem herzlichen Verhältnis. Ihre stille, aber sonnige, immer gleichbleibend gütige Art hatten es dem jungen Rudolf angetan. Nach dem Tode seiner Mutter wurde sie seine Frau, die den kleinen Bauernhof mustergültig in Ordnung hielt. Vier Kinder wurden ihnen geboren. Sie lebten mit diesen ein bescheidenes, aber frohes Leben und waren zufrieden und dankbar, bis das grauenvolle Kriegsgeschehen über die Welt hereinbrach. Auch das kleine Fischerdorf wurde nicht verschont. Weinend nahmen die Frauen Abschied von ihren Männern. Wie oft hatten sie diese hinaus aufs Meer zum Fischfang ziehen lassen. Sie wußten, ihr Beruf war gefahrenreich, und manchmal waren sie bangend und betend am Strand gestanden, wenn plötzlich ein Sturm ausgebrochen war und sie ihre Männer in ihren Kuttern draußen wußten. Das Meer hatte auch immer wieder Opfer gefordert. Es waren etliche Kinder in Markeden gewesen, deren Väter ertrunken waren – aber das war nun einmal das Los der Fischersleute, mit dem sie sich in schweigendem Schmerz abfinden mußten. – Nun aber sollten sie ihre Männer und Väter in den Krieg ziehen lassen. Ihn vermochten sie nicht mit ihren Herzen zu bejahen. Sie fanden den Krieg unnötig und mehr noch: teuflisch nannten sie ihn. Tausendmal lieber wollten sie ihre Männer auf dem Meere wissen, ihrem Beruf als Fischer nachgehend, als sie in die Schlacht ziehen lassen.

»Es ist besser, in die Hände Gottes als in die der Menschen zu fallen«, sagte Lisenne, die älteste Frau des Dorfes, die bereits ihren 101. Geburtstag gefeiert hatte und damals noch immer, wenn auch auf den Stock gestützt, im Dorf umherging und den jungen Leuten guten Rat erteilte. Für sie waren auch die Sechzigjährigen noch junge Leute, und alle achteten und schätzten die alte Lisenne.

Auch Rudolf Pächter mußte in den Krieg ziehen. Marlene war seit dem Kriegsausbruch Tag und Nacht die

Angst vor diesem Augenblick nicht losgeworden. Die erste Trennung seit ihrer Ehe! – Nie würde sie den Augenblick vergessen, wo er zum letzten Mal vor seinem Hause gestanden und alles, was ihm lieb war, vor allem aber seine Frau und die Kinder, mit warmem Blick umfangen hatte. Und damals war es wie ein Ahnen über sie gekommen. Nie wieder werden wir so glücklich beisammen sein. Die schönste Zeit unseres gemeinsamen Lebens ist vorbei. –

Ein Jahr später war Henrik, ihr achtjähriger, kleiner Sohn, an Diphtherie gestorben. Der Vater hatte nicht einmal zur Beerdigung kommen können. Seit jenem Tag schien in Frau Pächter etwas zerbrochen zu sein. Der Tod des Kindes, die Trennung von ihrem Mann, der unselige Krieg, die immer schwieriger werdende Lage – das alles war mehr, als sie seelisch verkraften konnte. Oft, wenn Marlene mit ihren beiden ältesten Kindern draußen auf dem Feld arbeitete – sie mußten sich mächtig regen, um ohne die Hilfe des Vaters durchzukommen –, konnte sie plötzlich stille stehen und mit angstvollen Augen über das Land starren. Wenn eines der Kinder sie dann ansprach, war es, als käme sie aus weiten Fernen. Und mehr wie einmal sagte sie: »Wir werden nicht mehr oft diesen Boden pflügen.« Als sich dann das Kriegsgeschehen in seinen schrecklichen Formen und Ausmaßen auch dem heimatlichen Dorf näherte, als selbst auf Markeden Bomben fielen und die armen Fischersleute von Tieffliegern bedroht wurden, versank sie tagelang in Schwermut, die zu den schlimmsten Befürchtungen Sorge gab. Damals nahm Andreas die Verantwortung für die Führung des ganzen Hauswesens auf seine jungen Schultern. Aus dem Knaben schien in kurzer Zeit ein Mann geworden zu sein. In wichtigen Entscheidungen fragte er sich immer: »Wie würde jetzt Vater gehandelt haben? Und so kam es, daß der Sechzehnjährige erstaunlich umsichtig und selbständig war.

Kurz vor der Räumung des Dorfes war es gewesen. Die Mutter hatte den ganzen Tag kaum ein Wort gesprochen. Schon seit Wochen sah sie erschreckend bleich und elend aus. Voller Besorgnis beobachtete Andreas sie. Nach einem arbeitsreichen Tag wachte er in der Nacht plötzlich auf. Eine unerklärliche Unruhe kam über ihn. Dieses Gefühl zwang ihn, nach der Mutter zu sehen. Er fand ihr Bett leer, die Haustür dagegen offen. Die Mutter mußte das Haus verlassen haben. Was aber tat sie in der Nacht draußen? Wo sollte er sie nur suchen? Er eilte zurück ins Haus und weckte Marienka. »Die Mutter ist fort. Wir müssen sie suchen.« Schlaftrunken richtete sich die Schwester auf. »Fort? – Ach, sie wird gewiß gleich wiederkommen.« Es war nicht böse gemeint, aber sie fand sich nicht zurecht, aus dem tiefen Schlaf kommend. Gleich darauf war sie wieder im Land der Träume. Andreas schüttelte den Kopf. Nein, von Marienka war keine Hilfe zu erwarten. So mußte er eben allein gehen, um die Mutter zu suchen. Da fiel ihm Hasso, der Hofhund, ein. Er löste ihn von der Kette, nahm ihn am Halsband und sagte: »Hasso, such Muttchen!« Und der Hund verstand ihn. Eifrig suchte er nach der Spur und zog Andreas mit sich fort. Es dauerte nicht lang, da ahnte der Junge, wo die Mutter zu finden war. Und richtig war sie auf dem Friedhof. Am Grabe ihres kleinen Henrik kniete sie, mitten in der Nacht. Der Mond beleuchtete das Bild rührender Mutterliebe. Erschüttert stand Andreas an der Kirchhofsmauer, hinter einer Trauerweide verborgen. Er hatte dem Hund ein Zeichen gegeben, sich nicht zu rühren. Das treue Tier gehorchte aufs Wort. Es war Andreas, als dürfe er die Mutter in ihrer Versunkenheit nicht stören. Die Ärmste, nicht einmal nachts fand sie Ruhe. All der

Jammer und das Herzeleid ließen sie nicht schlafen. Als die Mutter nach einiger Zeit den Friedhof durch die hintere Pforte verließ, folgte er ihr in einiger Entfernung leise mit dem Hund, ohne sie anzurufen. Wie erschrak er, als er sah, daß sie ihre Schritte zum Meeresstrand wandte. Gott im Himmel, was hatte die Mutter vor? Erst vor wenigen Wochen hatte eine Frau sich das Leben genommen, als sie erfuhr, daß ihr Mann und ihre beiden Söhne im Krieg gefallen waren. – Nie würde er wohl das Bild vergessen, die Mutter am Strand stehend im Mondenschein. Wie ein schönes Schattenbild hob sich ihre schlanke, dunkle Gestalt vom Horizont ab. Plötzlich beugte sie sich nieder und ließ eine Handvoll Sand durch ihre Finger rieseln, dann schritt sie langsam dem Meer zu. Als sie sich zum Wasser herabbeugte, die Hand in dasselbe tauchend, und dann mit einem hörbaren Stöhnen in sich zusammensank, hielt Andreas es nicht länger aus. Mit ein paar Sprüngen war er bei ihr, umfaßte sie und fragte angstvoll: »Mutter, liebe Mutter, was tust du hier?« Zuerst erschrak sie sichtlich. Wie aus weiter Ferne kommend sah sie ihn an, als fasse sie seine Gegenwart nicht. Dann antwortete sie: »Nur Abschied genommen habe ich –«, und nun brach sie in bitteres Weinen aus. »O Andreas, wir werden die Heimat nie wiedersehen, ebensowenig das Grab unseres kleinen Henrik. Ich wünschte, ich läge bei ihm unter der Erde!« – Was konnte der halbwüchsige Junge anderes tun, als seinen Arm fest um die Mutter zu legen? – Und es war seltsam, er wuchs über sich selbst und seine Jugend hinaus, als er ihr zuredete: »Muttchen, so darfst du nicht reden. Wir brauchen dich noch so nötig, Marienka und ich und unsere kleine Kathrin. Und denk doch, wenn der Vater heimkäme und du nicht mehr da wärst! Nein, Muttchen, wir müssen tapfer sein und durchhalten. Und dann müssen wir unseren

Henrik doch nicht hier in der Erde, sondern bei Gott suchen.« Und so hatte er sie in jener Nacht schließlich wieder nach Hause gebracht, noch lange an ihrem Bett gesessen, ihre zuckende Hand in der seinen gehalten und bei ihr gewacht wie eine Mutter bei ihrem kranken Kind. In jener Nacht hatte er gewußt: Was jetzt noch an wichtigen Entscheidungen zu treffen war, das mußte durch ihn geschehen. Und er erbat sich hierzu in kindlichem Gebet die Kraft von Gott.

Am nächsten Tag waren Tiefflieger über das kleine Dorf gekommen. Es war ein schreckliches Erlebnis. Mit zwei Fischerhütten war auch der Pächterhof in Flammen aufgegangen. Außer wenigen Habseligkeiten, die sie jetzt nach Stuttgart gebracht hatten, war alles in den Flammen umgekommen, auch das Vieh im Stall. Wenige Tage später mußte das Dorf geräumt werden. Die gegnerischen Truppen rückten einander immer näher. Das Donnern der Geschütze kündete dieses schon Tage vorher an. Für die alten Leute war es am schlimmsten. Lisenne, die Hundertundeinjährige, weigerte sich energisch, das Dorf zu verlassen. Sie wurde einfach in einen der Wagen gehoben, die zur Flucht bereitstanden. Wie gebrochen kauerte sie auf dem Bündel Stroh und starrte unverwandt mit tränenlosen Augen zurück nach Markeden, von dem sich der Zug der Flüchtenden jetzt entfernte. Plötzlich horchten alle auf. Die Glocke der alten Dorfkirche begann zu läuten. Wer mochte sie in Bewegung gesetzt haben? Es hatten doch alle das Dorf verlassen müssen. Sollte es Michael, der schwachsinnige Knecht des Müllers, sein, der vor einigen Tagen, als die Räumung des Dorfes besprochen worden war, in den Dünen verschwunden und nicht wieder zurückgekehrt war? Als Lisenne die altvertrauten Klänge der Glocke hörte, richtete sie sich mühsam auf, hob die Arme in der Richtung des Dorfes und stöhnte qualvoll: »Laßt mich heim, laßt mich nach Hause!« Plötzlich sank sie in sich zusammen, und als man sich über sie beugte, brach bereits ihr Auge. Sie war noch auf Heimatboden gestorben. Einige der alten Männer erklärten sich bereit, sie auf einem Leiterwagen zurück ins Dorf zu fahren und auf dem heimatlichen Friedhof zu begraben. Auch der alte Pfarrer, der bei dem Flüchtlingstransport war, kehrte mit ihnen zurück, damit sie eine christliche Beerdigung bekäme. Während die Glocke unentwegt weiter läutete, zogen die anderen Flüchtlinge weinend einer unbekannten Zukunft entgegen.

Wie lange war das nun schon her! Furchtbar waren die Strapazen auf der Flucht gewesen. In überfüllten Güter- und Viehwagen war man transportiert worden. Tageweise ging es dann wieder auf der Landstraße weiter. Nächtelang lagen die Flüchtlinge auf den Bahnhöfen herum. Er war ein schreckliches Dasein. Zwei alte Männer und ein Kind starben unterwegs. Nachdem man dann wochenlang in Flüchtlingslagern gehaust hatte, wurde den Flüchtlingen nahegelegt, sich nach Möglichkeit auf den Weg zu Verwandten zu machen, die noch in weniger bedrohten Gegenden lebten. Da erinnerten sich Pächters an den Wunsch des Vaters, seinen Bruder in Stuttgart aufzusuchen. Und so war es gekommen, daß sie sich nun in der Stitzenburgstraße befanden. – An alle diese Erlebnisse dachten die drei, Frau Marlene und ihre beiden ältesten Kinder, als sie jetzt schweigend beieinander saßen. Und ihre Herzen waren schwer in Gedanken an die ungewisse Zukunft.

»Ich werde mit Onkel Bruno sprechen«, sagte Andreas. »Vielleicht ist er in der Lage, mir Arbeit zu besorgen, damit ich Geld verdiene und wir für unser Hiersein etwas bezahlen können.«

»Und ich sage dir zum letzten Mal, Marlene bleibt mit ihren Kindern hier, und wenn es noch Jahre dauern sollte, bis ihr Mann zurückkommt.«

»Und wenn er gefallen ist? Und wenn er überhaupt nicht mehr zurückkommt? Willst du dir vielleicht diese Last aufbürden, bis die drei Kinder deines Bruders erwachsen sind und für sich selbst sorgen können? Und sieh dir doch einmal deine Schwägerin an. Mich sollte es nicht wundern, wenn sie die Schwindsucht hätte, so elend sieht sie aus.«

»Das verpflichtet uns erst recht, uns ihrer anzunehmen und für sie und ihre Kinder zu sorgen. Ich habe ohnehin ein schlechtes Gewissen, wenn ich daran denke, wie wenig wir uns bisher um sie gekümmert haben.«

Diese Unterredung fand im Schlafzimmer des Herrn Pächter statt; schon länger als eine halbe Stunde hatte seine Frau ihn mit Vorwürfen überschüttet. Als sie sah, daß ihr Mann standhaft bei seinem Entschluß blieb, begann sie zu weinen: »Du fragst natürlich nicht danach, ob das nicht über meine Kraft geht. Meine schwachen Nerven beunruhigen dich, wie es scheint, nicht. Und wer soll all die Arbeit tun? Davon versteht so ein Mann natürlich nichts, daß ein so plötzliches Hereinschneien von vier Personen eine ungeheure Arbeitsvermehrung und Belastung für den ganzen Haushalt ist. Und möchtest du mir nicht sagen, wie du dir das mit der Ernährung denkst? Wovon sollen wir denn alle satt werden? Es hat ja bisher kaum für uns gereicht. Sollen wir vielleicht von Kartoffeln und Salz leben?«

Herr Pächter konnte es jetzt nicht unterlassen, seine Frau ein wenig aufzuziehen. »Meine Liebe, sollte ich mich gestern verhört haben? Mir war es, als hättest du deiner Schneiderin am Telefon gesagt, es passe dir kein einziges Kleid mehr, weil du immer dicker würdest. Britta, ich glaube, von Kartoffeln und Salz allein kommt das nicht.«

»Du bist ganz abscheulich«, begehrte Frau Pächter jetzt auf. »Anstatt ein wenig Verständnis zu zeigen, verhöhnst du mich noch.« Sie schluchzte tief gekränkt.

Ihr Mann trat zu ihr, legte den Arm um ihre Schultern, hob ihr tränennasses Gesicht zu sich empor und sagte: »Frauchen, sag, ist's uns nicht immer noch sehr erträglich gegangen? Sieh, unser Haus ist stehengeblieben, obgleich rings um uns her fast alles in Flammen aufging. Wir sind alle heil aus diesem grauenvollen Kriegsgeschehen hervorgegangen. Wir durften auch unser Kind behalten. Denk an unsere Nachbarsleute, deren drei Kinder in einer der schrecklichsten Fliegernächte ums Leben kamen. Findest du nicht, daß uns all dieses zu Verständnis und Hilfsbereitschaft verpflichtet denen gegenüber, die durch solch großes Leid gegangen sind, besonders aber wenn es sich um unsere eigenen Angehörigen handelt? Komm, Britta, sei vernünftig! Ich weiß, du hast ein gutes Herz. Aber – ich höre das Telefon läuten.« Damit verließ er das Schlafzimmer und ließ seine Frau nachdenklich zurück.

Julie stand in der Küche und wusch das Geschirr ab. Schon eine ganze Weile stand Marienka vor der Tür. Kein Mensch ahnte, wie schwer ihr dieser Gang geworden war. Aber sie hatte den Worten der Mutter nachgedacht und mußte ihr recht geben, wenn es sie auch hart ankam. So faßte sie sich ein Herz und trat ein. Julie warf ihr einen hochmütigen Blick zu. »Na – was willst du?«

»Kann ich Ihnen nicht ein wenig helfen?«

Julie musterte sie von oben bis unten. Marienka hätte dem eingebildeten Ding ins Gesicht schlagen mögen.

»Helfen?« wiederholte Julie gedehnt. Dann schüttelte sie energisch abweisend den Lockenkopf. Man sah gut, sie vertraute den Händen dieses Bauernmädchens ihr feines Geschirr nicht an. »Nein – ich mache meine Arbeit alleine. Ich bin bisher ohne euch fertig geworden und brauche eure Hilfe jetzt nicht.« Marienka war über und über rot geworden. Beinahe hätte sie mit einer Grobheit geantwortet. Aber sie sah Mutters Augen vor sich. Als sie nicht gleich die Küche verließ, fuhr Julie auf: »Hast du mich nicht verstanden? – Wenn du unbedingt etwas tun willst, dann geh hinunter in die Waschküche. Frau Bäuerle, unsere Waschfrau, hat heute große Wäsche. Der kannst du vielleicht etwas helfen.« Marienka drehte sich wortlos um. Als sie die Tür wütend hinter sich ins Schloß geworfen hatte, kam ihr sofort zum Bewußtsein, daß Mutter auch damit nicht einverstanden sein könnte; aber nun war es geschehen und sie hatte eine Mordswut auf diese dumme Gans, die Julie. So ging sie zurück ins Zimmer der Mutter.

»Das hat man nun davon, daß man sich anbietet zu helfen. Nie wieder betrete ich die Küche.« Sie weinte, als sie den Hergang erzählte. Andreas hörte schweigend zu. Dann schloß er das Buch, in dem er eben gelesen hatte, und verließ das Zimmer. »Wohin willst du?« fragte Marienka. Aber er hatte die Tür schon hinter sich zugemacht. »Er wird doch hoffentlich nicht zu dieser Julie in die Küche gehen, um mit ihr zu reden«, wandte sich Marienka an die Mutter. »Es hätte nämlich gar keinen Zweck. Keine zwölf Pferde bringen mich mehr in die Küche.«

Andreas war tatsächlich zu Julie gegangen. Ohne Umschweife ging er aufs Ziel los. »Sag mal«, fing er an, »warum weist du die Hilfe meiner Schwester zurück? Sie ist mit dem besten Vorsatz gekommen, dir etwas von deiner Arbeit abzunehmen!«

Julie drehte sich um und stemmte die Hände in die Seiten. Vorher warf sie aber noch rasch einen Blick in das offenstehende Küchenfenster, das ihr in diesem Augenblick als Spiegel diente. Es war immerhin ein angehender junger Mann, der ihr hier in der Küche einen Besuch abstattete.

Dann warf sie den Kopf hochmütig zurück, zog ein hochmütiges Mäulchen und sagte: »Ich wüßte nicht, daß wir miteinander auf der Schulbank gesessen sind. Bei uns ist es üblich, daß der Herr wartet, bis die Dame ihm das ›Du‹ angeboten hat.«

Andreas übersah ihren herausfordernden Blick und antwortete sehr ruhig: »Ich sehe hier in der Küche keinen Herrn, und die Damen sehen bei uns anders aus als du. Und was die Schulbank anbelangt, so hätte es dir wahrscheinlich nichts geschadet, wenn du wie ich die Markedener Dorfschule besucht hättest. Dort hat man außer anderen wichtigen Dingen auch gutes Benehmen gelernt. Unser alter Dorfschulmeister wußte genau, was sich gehört, das darfst du mir glauben. Und was das ›Du sagen‹ anbelangt, so bin ich vielleicht ein Jahr, höchstens aber zwei Jahre jünger als du. Ich erwarte nicht, daß du mich mit ›Sie‹ anredest und nehme mir die Freiheit heraus, mit dir genauso zu reden, wie wir in unserem Fischerdorf mit so jungen Dingern, wie du es bist, sprechen. So, und nun sag mir, warum du meiner Schwester so hochmütig begegnet bist.«

Julie war sprachlos. So etwas war ihr bisher noch nicht vorgekommen. Was fiel diesem hergelaufenen Bauernlümmel eigentlich ein? »Junges Ding« hatte er sie tituliert. Na, dem würde sie heimleuchten. Während sie eben überlegte, wie sie ihm mit einer trefflichen Antwort eins auswischen könnte, da sprach er schon wieder weiter.

»Ich will dir mal was sagen«, er zog in Selbstverständlichkeit einen Küchenschemel unter dem Tisch hervor, setzte sich darauf und fuhr fort: »Ich weiß nicht, was ihr hier in Stuttgart während des Krieges durchgemacht habt. Unsere Fahrt durch die Stadt bewies allerdings, daß die Flieger auch hier tüchtig gehaust haben. Stuttgart muß doch eine sehr schöne Stadt gewesen sein.«

»War es auch«, unterbrach sie ihn lebhaft und vergaß ganz, daß sie ihm eins auswischen wollte. »Ihr werdet in eurer Dorfschule wohl nicht gelernt haben, daß Stuttgart und Dresden die beiden schönsten Städte Deutschlands gewesen sind.«

»Kann mich nicht erinnern«, antwortete Andreas, »aber darüber wollte ich auch nicht mit dir reden. Übrigens kannst du derweil ruhig dein Geschirr abtrocknen. Ich will dich nicht bei der Arbeit aufhalten. Jedenfalls scheint es dir bisher recht gut gegangen zu sein.«

»Wieso? – Was willst du damit sagen?«

»Ich will das damit sagen: Unsereins, der sein Hab und Gut verloren hat, der mit ansehen mußte, wie das Haus, das die Eltern mühevoll aufgebaut hatten, in Flammen geschossen wurde und alles, auch das Vieh im Stall, verbrannte – unsereins, der das erlebt hat, wird auf jeden Fall mehr Verständnis für das Elend der Flüchtlinge aufbringen als solche, die nichts durchgemacht haben. Und sieh, wenn ich dich so ansehe und wenn ich daran denke, wie du uns empfangen hast, dann kann ich nicht glauben, daß der Krieg dir viel angetan hat.«

Julie antwortete nicht gleich, aber sie war ganz rot geworden. Während sie nun eine der hauchdünnen Teetassen abtrocknete, antwortete sie, wenn auch ein wenig zögernd: »Mein ältester Bruder ist gefallen und der zweite hat seinen rechten Fuß im Krieg verloren; außerdem hat auch unser Häuschen in Hedelfingen beim Angriff etwas abbekommen. Nur Vaters Geistesgegenwart ist es zu verdanken, daß das Feuer im Keim gelöscht werden konnte.«

»Na siehst du«, sagte Andreas, »da habt ihr ja auch allerlei hinter euch, wenngleich ihr auch die Heimat nicht verlassen mußtet wie wir. Und ob unser Vater je wieder zu uns zurückkehrt, das ist sehr unsicher. Und versuche dir einmal vorzustellen, du müßtest nun alles zurücklassen, was dir lieb ist, auch das Grab eines Kindes – und müßtest zu Verwandten, wärst auf ihre Gnade und Barmherzigkeit angewiesen und müßtest auf Schritt und Tritt spüren, daß du unerwünscht bist –, überlege dir einmal, ob das leicht ist.«

Julie vergaß weiter abzutrocknen. Sie blickte beinahe bewundernd auf Andreas. »Reden kannst du«, sagte sie, »wie ein Buch. – Du müßtest eigentlich Pfarrer werden.«

– –

Sie hörte wie gebannt zu, als der Junge ihr von dem trauten, kleinen Fischerdorf Markeden erzählte. Er ahnte selbst nicht, wie plastisch und lebendig er schildern konnte.

Inzwischen war Frau Britta Pächter über den Gang gekommen und hörte Stimmen in der Küche. Nanu, was war da los? Leise auf Zehenspitzen schlich sie herzu. – Wie? – Eine Männerstimme in der Küche? – Da hörte doch alles auf! – Was erlaubte sich diese Julie? Wer war bei ihr drinnen? – Behutsam beugte sie sich zum Schlüsselloch herunter. Sie mußte doch sehen . . .

In diesem Augenblick kam Kathrinchen aus Elviras Zimmer gesprungen. Sie mußte rasch der Mutter mitteilen, daß sie am Nachmittag mit Schwester Elly und Elvira ausgehen, vielmehr ausfahren durfte. Denn die arme Elvira konnte ja nicht laufen, obgleich sie richtige Beine hatte. Und da durfte sie mitgehen. Sie freute sich sehr. – Aber was tat denn die Tante Britta dort an der Küchentüre? Sie guckte durchs Schlüsselloch. »Tante«, jauchzte Kathrin, »spielt ihr Verstecken? Wen suchst du? Darf ich auch mitspielen?« Frau Pächter warf dem Kind einen wütenden Blick zu. Dann verschwand sie in der Küche. Julie fuhr zusammen und wandte sich mit hochrotem Kopf eilig ihrem Geschirrbrett zu. Andreas blieb seelenruhig auf seinem Stuhl sitzen und sah die Tante an.

»Nanu, was geht denn hier vor sich?« fragte diese und warf den beiden jungen Leuten empörte Blicke zu.

»Ich hatte mit Julie einiges zu reden«, erwiderte Andreas, während das Mädchen in großer Verlegenheit schwieg.

»So, zu reden?« wiederholte Frau Pächter mit spitzer Stimme. »Das läßt du in Zukunft während der Arbeitszeit gefälligst bleiben. Bei uns in der Stadt hat man andere Sitten, übrigens gibt es bei mir so was nicht. Ich muß schon sagen, ihr fangt ja früh an.« Julie sah aus, als wäre sie am liebsten in den Boden gekrochen. Andreas blickte die Tante verständnislos an und wollte gerade fragen, womit sie früh anfängen. Aber die Tante sah so bitterböse aus, daß er es vorzog, die Küche zu verlassen.

Völlig unbeschwert und von dem Kummer der anderen nichts ahnend war Kathrin. Wie ein munterer Vogel hüpfte sie durchs Haus und ließ sich auch durch das mürrische Gesicht der Tante nicht beeinflussen. Diese hatte sich wohl dem Willen ihres Mannes gefügt, jedoch nicht freudig, sondern eben nur gezwungen. Soeben sprang Kathrin die Treppe herunter in das Zimmer der Mutter. »Muttchen, sieh nur, wie fein ich bin. Nicht wahr, du kennst mich gar nicht mehr. Sag, Muttchen, gefalle ich dir?«

Die Kleine faßte ihr Kleidchen seitlich mit spitzen Fingern und drehte sich zierlich, um sich von allen Seiten zu zeigen und bewundern zu lassen.

Frau Pächter richtete sich im Bett auf. »Komm doch einmal näher zu mir. Tatsächlich, ich kenne dich nicht mehr. Das ist doch nicht mehr meine kleine Kathrin – das ist doch ein vornehmes Fräulein.«

»Nein, ein eingebildetes Äffchen, das nicht mehr in unser Fischerdorf paßt«, sagte Andreas, der soeben das Zimmer betreten hatte und die letzten Worte der Mutter noch gehört hatte. »Mir gefällst du jedenfalls besser, Kathrin, in deinem rot und blau karierten Kleidchen.«

Das Kind hielt betroffen inne. Fast erschrocken blickte es den großen Bruder an. Es zog ein Schmollmündchen und seine Augen füllten sich mit Tränen.

»Aber Andreas, so ein schönes Kleidchen habe ich bis jetzt noch nicht gehabt. Guck mal, ganz weiß und durchsichtig ist es, und lauter kleine, blaue Blümchen sind drauf.« Sie hob das Röckchen. »Und sieh mal, auch drunter bin ich ganz neu, alles in Hellblau, Hemdchen, Höschen und Unterröckchen.«

Andreas schüttelte mißbilligend den Kopf. »Nein, das gefällt mir nicht.«

Jetzt mischte sich Marienka, die strümpfestopfend am Bett der Mutter saß, in das Gespräch ein. »So laß doch dem Kind die Freude an den Sachen. Sie ist ohnehin die einzige, die sich hier in diesem Hause einigermaßen wohlfühlt. Komm her zu mir, Kathrinchen. Komm, sag mir, von wem du die schönen Sachen hast!«

Die Kleine atmete auf. Sie hatte schon befürchtet, das hübsche Kleidchen und die seidene Unterwäsche wieder ausziehen zu müssen, denn Andreas' Wort und Meinung waren meistens maßgebend, das wußte sie. So schmiegte sie sich erleichtert an die Schwester und berichtete: »Elvira hat sie mir geschenkt. Sie hat so viele Sachen, die ihr zu klein geworden sind. Und weil sie kein Schwesterchen hat, soll ich alle die schönen Sachen bekommen. Sie hat schon ihren Papa gefragt, und er hat es erlaubt.«

»Und Tante Britta?« fragte Marienka. »Ist die auch einverstanden?«

»Ich glaube ja. Sie hat zwar ein bißchen böse ausgesehen, aber ich glaub', sie kann nichts dafür, sie macht immer ein böses Gesicht. Und denk nur, Muttchen, Elvira hat gesagt, ich soll ihr kleines Schwesterchen sein. Das darf ich doch, nicht wahr?«

Wieder brauste Andreas auf. »Wie denkst du dir denn das? So etwas kommt gar nicht in Frage. Elvira ist deine Base, aber nicht deine Schwester, und wenn sie dich mit ihren vornehmen Kleidern etwa kaufen und uns abspenstig machen will, dann zieh nur diese durchsichtigen Fähnchen gleich wieder aus.« Er war so erregt, daß er nicht stillstehen konnte. Er ging aufgebracht auf und ab und sah wirklich böse aus. Jetzt begann Kathrin wirklich zu weinen. Sie barg das Köpfchen in Marienkas Schoß.

»Nicht wahr, Marienka, ich muß das schöne Kleidchen nicht ausziehen?« – »Nein, nein«, beruhigte Frau Pächter das Kind. »Du darfst es anbehalten.«

Dann wandte sie sich ihrem Sohn zu. »Andreas, komm einmal her zu mir. So, setz dich ein Weilchen auf den Bettrand. Du bist doch mein großer, vernünftiger Junge. Ich verstehe dich gut. Du willst nicht, daß wir von unseren Angehörigen Almosen annehmen.« – »Jawohl«, fuhr er auf, »es ist schlimm genug, daß wir jetzt derartig auf sie angewiesen sind. Im Augenblick können wir nichts anderes tun, als das anzunehmen, so schwer es uns auch fällt, und du darfst es mir glauben, Mutter, ich werde alles versuchen, um für unseren Unterhalt zu arbeiten. Du hast recht, wir wollen keine Almosen. Wenn wir nun auch vorerst im Haus des Onkels wohnen müssen, weil wir keine andere Bleibe haben – aber Kleider brauchen wir uns deswegen nicht schenken zu lassen. Wenn wir auch nicht viel haben, so genügt es doch vorerst. Soviel ich weiß, besitzt Kathrin drei oder vier Kleidchen. Wenn die schmutzig sind, soll Marienka sie waschen. Es ist doch nicht nötig, daß Elvira aus unserer Kleinen einen solch eitlen Fratz macht.«

Frau Pächter streichelte ihrem erregten Jungen beruhigend über das Haar. »Komm, mein Großer, das ist kein Grund zum Aufregen. Sieh, wir sind nun einmal in einer solchen Lage, daß wir von der Freundlichkeit und Güte unserer Verwandten abhängig sind. Wir haben keine Möbel, kein einziges Stück Bettwäsche, und was wir an Kleidern retten konnten, ist so wenig, daß wir wahrscheinlich noch manchmal froh sein werden, wenn wir etwas geschenkt bekommen. Wir müssen uns einfach mit diesen Tatsachen abfinden und demütig genug sein, auch anzunehmen. Deswegen braucht unser Kathrinchen noch kein eingebildeter Fratz zu werden. Ich glaube, sie hat gar keine Anlagen dazu in ihrer natürlichen Art und Ursprünglichkeit. Wir würden den Onkel beleidigen, wenn wir jetzt die Sachen, die Elvira Kathrin geschenkt hat, zurückweisen wollten. Und denke doch, welche Freude dies dem armen, gelähmten Mädchen bereitet. Sind wir im Grunde genommen nicht reicher als Evira, die ihr Leben lang gelähmt und auf die Hilfe anderer angewiesen sein wird? Was nützt es ihr, daß ihr Vater ein reicher Fabrikant ist? Glaube mir, sie würde es mit Freuden wählen, ein armes Kind zu sein, wenn sie dafür ihre Glieder gebrauchen könnte. Nein, Andreas, es ist wichtig, den rechten Blick zu bewahren für das, was in Wirklichkeit arm oder reich ist. Und wenn Elvira, die bisher ganz ohne Geschwister aufgewachsen ist und gewiß oft sehr einsam war, unsere Kleine gerne ihr Schwesterchen nennt, so wollen wir ihr diese Freude ruhig lassen. Deswegen bleibt Kathrin doch unser Kind, nicht wahr, mein Herzchen?«

Die Kleine warf sich stürmisch an die Brust der Mutter, froh, daß diese die rechten Worte gefunden hatte, die dunklen Wolken des Unmuts wieder zu vertreiben. »Ja, Muttchen, ich bleibe euer Kind, immer, immer!«

Andreas aber blickte die Mutter in dankbarem Vertrauen an. »Du hast recht, Muttchen. Ich war dumm, daß ich es anders ansah.« Er zog die Kleine liebevoll an sich. »So trage halt dein geschenktes Kleidchen; wenn du nur immer unser Kind bleibst!«

In diesem Augenblick klopfte es an die Tür. Schwester Elly kam herein. »Ich wollte Kathrinchen zum Spaziergang abholen. Sie darf doch mit? Elvira freut sich schon so sehr darauf. Marienka, hast du nicht auch Lust, mitzugehen?« Einen Augenblick zögerte das Mädchen. Sie wäre einesteils gerne mitgekommen. Dann aber blickte sie an ihrem einfachen, bäuerlichen Kleid herunter und dankte: »Ich möchte doch lieber bei der Mutter bleiben. Vielen Dank!«

»Wer hilft Ihnen, den Rollstuhl herunterzutragen?« fragte Andreas die Pflegerin. »Der Straßenwagen steht unten in der Garage«, erwiderte diese. »Für das Haus haben wir einen leichteren.«

»Bitte sagen Sie es mir, wenn ich Ihnen behilflich sein kann«, fuhr Andreas fort. »Es ist mir lieber, wenn ich mich nützlich machen kann, als wenn ich hier untätig herumsitze.«

Draußen traf Schwester Elly Frau Britta Pächter. »Das muß man sagen«, sagte sie zu dieser, »es ist erfreulich, wie wohlerzogen die Kinder Ihrer Schwägerin sind. Ich hatte das nicht erwartet, wo sie doch aus diesem kleinen Fischerdorf kommen.«

»So, finden Sie«, erwiderte Frau Pächter. »Das sollte mich nur freuen, ich hatte vorhin in der Küche einen anderen Eindruck. Dieser junge Bengel hat bereits versucht mit Julie anzubändeln.«

»Ach nein«, wunderte sich Schwester Elly. »Danach sieht er mir gar nicht aus.«

Vom Hauseingang her tönte Kathrins Stimme herauf: »Schwester Elly, komm doch endlich. Wir können es nicht mehr erwarten, bis du mit uns spazierengehst, Elvira und ich.«

Frau Britta schüttelte mißbilligend den Kopf: »So etwas nennt sich wohlerzogen.«

Bruno Pächter saß in seinem Privatbüro am Schreibtisch, aber er arbeitete nicht. Er, der sonst immer bewegliche und regsame Mann, den kaum jemand untätig sah, war in tiefes Sinnen versunken. Merkwürdig, seitdem die Schwägerin mit ihren Kindern so unverhofft in sein Haus gekommen war, mußte er so oft, wie seit Jahren nicht mehr, an die Heimat denken. Es war, als ob mit Marlene und den Kindern eine Brise frischer Seeluft um ihn wehte. – Markeden! Markeden! – Sein kleines, halbvergessenes Heimatdorf, am Meeresstrand gelegen. Armut und schlichtes, mehr als bescheidenes Leben war das Los seiner schweigsamen Bewohner. Du liebe Zeit – was hatte er seit jenen Tagen, da er erlebnishungrig in die Fremde zog, gesehen, erfahren und durchgemacht! Im brausenden Leben war er untergetaucht. Wie gut begriff er, daß Marlene und die Kinder sich im Tempo der Großstadt nicht zurechtfanden, ja, daß sie sich hier in seinem unruhigen Haus nicht wohlfühlten. Und doch – hatten sie nicht ihm, dem Weitgereisten, manches voraus? Waren sie in ihrer Bescheidenheit nicht viel reicher als er, der Besitzer einer großen Fabrik? Der Friede ihres kleinen Fischerdorfes, das ihre ureigenste Welt war, blieb den meisten Großstadtbewohnern, die von einer Unruhe zur anderen hetzten, völlig unbekannt. Wie gering und einfach waren die Lebensansprüche dieser schlichten Fischer und Landleute in Markeden! Mußte Marlene erst durch solches namenloses Leid gehen mit ihren Kindern und in sein Haus flüchten, zu ihm, der sich sträflich lang nicht um sie gekümmert hatte, damit ihm dieses alles wieder zum Bewußtsein käme? Jetzt, da er erfahren hatte, daß sein Vaterhaus niedergebrannt und seine brüchigen Mauern zerfallen waren, kam das Heimweh mit solcher Macht über ihn, wie er es nie vorher verspürt hatte. Das Herz krampfte sich ihm zusammen, er vermeinte, das alte, tiefhängende, strohbedeckte Dach vor sich zu sehen, aus dem gierig die Flammen züngelten. Und es war nicht zu retten gewesen, obgleich das gewaltige Meer mit seinen unergründlichen Wassertiefen so nahe war! Ach, wie gut wußte er es noch: Aus den kleinen Fenstern des väterlichen Hauses konnte man direkt aufs Meer sehen. Nur die Küchen- und Stallfenster hinten waren dem Land zugekehrt. Aus ihnen blickte man in Mutters kleines Gärtchen, wo sie neben Gemüse und Küchenkräutern die spärlichen Gartenblumen, die hier am Meeresstrand gediehen, mit Liebe und Sorgfalt gepflegt hatte.

Bruno Pächter strich sich seufzend mit der Hand über die Augen, und in seinem Innern klang wehmütig die Melodie: »Ich kann nicht nach Hause, hab' keine Heimat mehr.« – Der Pächterhof, so klein und kümmerlich er auch gewesen war, war in seiner Erinnerung nicht auszulöschen. Jetzt kam ein bitteres Weh über ihn, daß er in all den Jahren, wo er ohne Schwierigkeiten hätte nach Markeden gelangen können, die Heimat gering geachtet hatte. Es war nicht nur Heimweh, was da über ihn kam – es war Schuld, die ihn jetzt quälte. Eine Schuld Gott und seinen Angehörigen gegenüber, die nicht mehr gutzumachen war. – Nein, Britta konnte ihn nicht verstehen, wenn er ihr diese Gedankengänge mitteilen würde. Sie war ein Kind der Großstadt, hatte nie Sorgen gekannt, ihre Erziehung war ganz unreligiös gewesen. Sie besaß kein Verständnis für kleine Verhältnisse und war immer so verwöhnt gewesen, daß sie selbst die gegenwärtige Lage, in der man sich nach dem Kriegsende noch einige Einschränkungen auferlegen mußte, unerträglich fand. – Nein, mit Britta konnte er nicht darüber sprechen. Aber Elvira, sein Töchterchen, das so feinsinnig und zartbesaitet war, hätte er nun gerne noch einmal nach Markeden gebracht. Wie hätte sich das Kind dort wohlgefühlt, er zweifelte keinen Augenblick daran. Die sehnsuchtsvolle Erinnerung überzog all diese Heimatbilder mit einem zarten Goldschimmer. Oh, wenn er Elvira nur noch ein einziges Mal zum Pächterhof, seinem Vaterhaus, bringen könnte! Nie war er mit ihr dort gewesen. »Was sollen wir bei deinen Leuten?« hatte Britta immer geringschätzig gefragt, wenn hin und wieder einmal die Rede darauf kam. »Stelle dir einmal Elvira in diesen dunklen, engen Stuben vor. Nein, das darfst du dem Kind nicht antun.« Und er hatte sich gefügt. Heute wußte er: Es war unrecht gewesen und diese falsche Scham unverantwortlich. Wie kam es nur, daß ihm plötzlich das längst vergessene Wort einfiel: »Der Mensch sieht was vor Augen ist, Gott aber sieht das Herz an.« – Irgendwie kamen ihm seine Angehörigen, die alles verloren hatten, reicher vor, als er es mit all seinem Besitz war.

Er hätte mindestens einmal sein Kind an die Gräber seiner Eltern führen sollen. Wehmütig gedachte er seines alten Vaters: Pflichttreue und Herzensfrömmigkeit waren die beiden Hauptpfeiler, auf denen sein Schaffen und seine Gesinnung ruhten. Die Gebote Gottes waren ihm heilig gewesen, und sein Leben war wahr und treu. All sein Können hatte er im Grunde genommen seinem Vater, der ihm dieses Erbe mit ins Leben gegeben hatte, zu verdanken. Und dann sah er wieder die zarte, bescheidene Mutter vor sich. Auch sie war, wie Marlene, eine Fischerstochter gewesen. Aber wie hatte sie es verstanden, ihre Kinder zu erziehen und ihnen wirkliche Lebenswerte mitzugeben! – War es nicht eben, als vernähme er das Läuten der Glocke vom Turm des heimatlichen Kirchleins? Ging er nicht eben an der Hand der Mutter, deren sonntägliches, schwarzes Seidenkleid ihm immer so feierlich vorkam, über den stillen Gottesacker zum Kirchlein hinüber zum Morgengottesdienst? Ach, wie wenig Zeit hatte er sich in seinem späteren Leben gegönnt für solche Stunden der Besinnung. Und darum war es Tatsache: Die Leute in Markeden waren reicher als er, und Marlene und ihre Kinder mußten schwer tragen an dem Verlust, der ihnen durch die Räumung des Dorfes und die Flucht aufgezwungen war. Wie gut verstand er den Wehmutszug auf dem schmalen Gesicht Marlenes. Das Wissen um ihre Not bedeutete für ihn Verpflichtung, ob Britta dafür Verständnis hatte oder nicht. Er mußte und wollte für die Frau und die Kinder seines Bruders sorgen. Besonders Andreas machte ihm einen vielversprechenden Eindruck. Der Junge hatte etwas urwüchsig Kraftvolles und Bewußtes in seiner Art. Schade, daß er nur die Dorfschule besucht hatte! Man mußte ihn fördern. Gewiß steckte die echte Pächterart in ihm. Es würde sich bestimmt lohnen, etwas aus ihm zu machen. In Bruno Pächter reifte ein Plan, der ihn schon nach wenigen Augenblicken ganz erfüllte und in ihm große Freude auslöste. Es war ihm, als sei ihm mit der Ausführung desselben eine Möglichkeit in die Hand gegeben, Versäumtes nachzuholen und etwas von dem abzutragen, was ihm in dieser Stunde des ersten Nachdenkens wie eine drückende Schuld auf die Seele gefallen war. Noch während er sich weiter in diesen neuen Gedanken vertiefte, klopfte es. Auf sein »Herein« betrat gerade der, mit dem er sich eben beschäftigte, sein Büro.

»Onkel, hättest du wohl einen Augenblick für mich Zeit? Ich möchte gerne mit dir sprechen.«

Bruno Pächter schob ihm einen Stuhl hin. »Selbstverständlich, Andreas. Ich nehme mir gerne die Zeit. Nun, was hast du auf dem Herzen?«

»Ich möchte arbeiten«, sagte der Junge und blickte den Onkel fest an. »Ich möchte Geld verdienen. Wir können und wollen nicht auf die Dauer von eurer Freundlichkeit leben. Es ist für uns vielleicht schwerer, jeden Tag diese Almosen anzunehmen, als für euch, sie uns zu geben.«

»Aber Junge, wer redet denn von Almosen?« unterbrach ihn der Onkel. »Hast du den Eindruck, daß ich euch nur gezwungen aufgenommen habe?«

»Du nicht«, sagte Andreas und fügte in seiner Ehrlichkeit hinzu: »Aber die Tante. Ich möchte weder dich noch sie kränken, aber ich will für unser Hiersein arbeiten, und Marienka kann sich ebenfalls nützlich machen; auch Mutter wird, sobald sie sich wohler fühlt, die Hände nicht in den Schoß legen. Ich bin nun gekommen, um dich zu bitten: Gib mir irgendeine Arbeit in deiner Fabrik. Ich habe zwar nur unsere Dorfschule in Markeden besucht, aber ich glaube, den Platz eines einfachen Fabrikarbeiters schon ausfüllen zu können.«

»Denke nicht gering von unserer Markedener Dorfschule«, sagte der Onkel, und Andreas fühlte sofort die Wärme, die aus seinen Worten sprach. »Vielleicht war es für dich die Hochschule des Lebens. Aber ich will dir nun gleich deine Frage beantworten. Jawohl, Andreas, du sollst Arbeit bekommen, aber anders als du denkst.

Ich habe mir soeben einen Plan ausgedacht, der dir ganz gewiß gefallen wird. Wenn du fleißig und willig bist, werde ich aus dir etwas machen. Ich will, wenn es geht, noch heute mit deiner Mutter sprechen. Und wenn ich ihre Einwilligung habe und du meinen Erwartungen entsprichst, hoffe ich, einmal mit gutem Gewissen vor deinen Vater treten zu können, sei es, daß er wirklich noch einmal nach Hause kommt, oder sei es, daß wir uns in einer anderen Welt treffen; ich will vor ihn hintreten können und sagen: ›Rudolf, ich habe in deinem Sinne für deine Frau und deine Kinder gesorgt und aus deinem Ältesten einen Mann gemacht, der seinen Platz im Leben ausfüllt.‹«

Andreas war aufgestanden. Er wußte nicht, was der Onkel mit ihm vorhatte. Aber er vertraute ihm. So reichte er ihm die Hand und sagte: »Hab' Dank, Onkel Bruno. Aber ich wäre schon froh, wenn du mir bald eine Arbeit zuweisen würdest, damit ich für Mutter und die Schwestern sorgen kann.«

Der Onkel legte die Hand auf seine Schulter. »Du bist ein echter Pächter, Andreas, du machst unserem Namen Ehre.«

Schwester Elly war mit Elvira und Kathrin vom Spaziergang zurückgekehrt. Herr Pächter, der sehr an seinem Töchterchen hing, betrat ihr Zimmer. »Nun, Elvira, wie war es draußen? Hat es dir Spaß gemacht, der kleinen Kathrin unsere Umgebung zu zeigen?« Er setzte sich zu Elvira, die nach der Spazierfahrt wenigstens eine Stunde liegen mußte, auf das Ruhebett.

Diese war sichtlich erheitert. »Oh, Vati, ich muß dir erzählen. Ich habe mich halb totgelacht. Kathrin ist zu ulkig. Die scheint in ihrem Leben noch in keiner Stadt gewesen zu sein. Dauernd muß sie aufpassen, daß sie unter kein Auto oder unter die elektrische Bahn rennt. Alle Leute grüßt sie auf der Straße. Aber es ist merkwürdig, alle haben anscheinend Spaß an dem kleinen Ding. Eine alte Dame schenkte ihr sogar einige Kekse. Und dann spricht sie so laut und ungeniert. »›Wo sind denn die Wiesen? Gibt es hier in Stuttgart keine Kühe? Habt ihr kein Meer?‹ Ich kann dir sagen, Vati, man kommt aus dem Lachen nicht heraus. Solch eine ulkige Spazierfahrt habe ich noch nie gemacht.«

»Aber sie kann einen auch recht in Verlegenheit bringen, die kleine Person«, sagte Schwester Elly, die soeben das Zimmer betreten und die letzten Worte Elviras mitgehört hatte. »Als uns ein Fräulein mit geschminkten Lippen und rotbemalten Fingernägeln begegnete, blieb Kathrinchen mit vor Staunen geöffnetem Mündchen stehen, starrte die bemalte Person an, deutete mit dem Finger auf sie und rief: ›Guckt bloß mal, wie die aussieht. Puh, das gefällt mir nicht. Die ist ja angemalt, sogar die Fingernägel. Huh, Elvira, möchtest du so aussehen?‹ Die Vorübergehenden waren sichtlich erheitert. Das Fräulein aber warf der Kleinen einen empörten Blick zu und verschwand sehr eilig. Mir war das natürlich äußerst peinlich. Elvira aber lachte Tränen.«

»Sie müssen dem Vati aber auch erzählen, was Kathrinchen tat, als ein Mann auf zwei Krücken einherhumpelte. Ihm fehlte ein Bein. Kathrinchen sah ihn betroffen an. Dann fragte sie: ›War er im Krieg? Hat man ihm dort das Bein abgeschossen?‹« – Schwester Elly fuhr fort: »Und als ich es bejahte, füllten sich ihre Augen mit Tränen. Sie lief auf den Verwundeten zu, versuchte, ihn zu umarmen und sagte im Tone tiefsten Mitleids: ›Du armer Soldat, jetzt hast du nur noch ein Bein und kannst nicht mehr rennen, nur noch ganz langsam gehen. Der böse, böse Krieg.‹ Und sie brach ihren Keks durch und reichte eine Hälfte dem jungen Mann. ›Da, nimm, das schenke ich dir.‹ Der Verwundete war zuerst ein wenig verlegen und wußte nicht recht, wie sich zu verhalten. Dann aber nahm er das Geschenk des liebevollen kleinen Mädchens und bedankte sich herzlich. Kathrinchen aber deutete auf Elvira in ihrem Fahrstuhl und sagte, als wolle sie ihn damit trösten: ›Du mußt nicht traurig sein. Die Elvira kann nämlich auch nicht laufen.‹ Ehe man wußte, was sie vorhatte, zog sie die Fahrstuhldecke weg: ›Sieh, dabei hat sie zwei richtige Beine. Aber sie kann überhaupt nicht laufen. Du kannst wenigstens langsam laufen, wenn du auch nur ein Bein hast.‹ Das alles tat sie mit so großer Selbstverständlichkeit, daß man ihr einfach nicht böse sein konnte, so peinlich die Situation war. Der einbeinige Mann strich ihr über das Köpfchen und sagte: ›Du bist ein kleiner Sonnenschein; ich habe auch ein kleines Mädchen, so wie du, aber ich muß es erst suchen.‹ Und dann erzählte er mir, daß er erst kürzlich aus dem Krankenhaus entlassen worden sei, wohin man ihn nach seiner Rückkehr aus der Gefangenschaft geschickt hatte; seine Familie habe nach einem Bombenangriff die Stadt verlassen; und da sie ihm keine Nachricht hatte geben können, müsse er sie suchen. Als wir an einer besonders verwüsteten Trümmerstätte vorüberkamen«, berichtete Schwester Elly weiter, »blieb Kathrinchen plötzlich stehen, blickte sich sinnend um, seufzte tief und sagte: ›Nicht wahr, das alles ist nur von dem bösen Krieg gekommen. So ist auch unser Haus in Markeden ganz verbrannt, und wenn mein Vati aus der Gefangenschaft kommt, findet er uns auch nicht mehr.‹ Zum Glück hielt die traurige Stimmung bei ihr nicht lange an. Sie sprang bald darauf jauchzend einem gelben Schmetterling nach, der sich auf den spärlichen Blumen und Kräutern schaukelte, die zwischen den Trümmern wachsen. Plötzlich schrie sie auf: »Löwenzahn, Löwenzahn! Die muß ich mitnehmen für meine Muckelchen. Wie schade, Elvira, daß du nicht laufen kannst, du müßtest mir sonst pflükken helfen.‹ Und schon kletterte sie zwischen den Steinen umher und amüsierte sich köstlich. Dabei schwatzte sie wie eine Elster drauflos, ob Leute vorübergingen oder nicht.«

»Na, da hast du ja die richtige kleine Spielgefährtin«, sagte Herr Pächter zu seiner Tochter. In diesem Augenblick betrat Frau Britta das Zimmer. »Na, Elvira«, fragte auch sie, »war es schön auf der Spazierfahrt?«

»Sie berichtete mir gerade begeistert, wieviel Spaß sie mit Kathrinchen gehabt hat«, gab Herr Pächter zur Antwort, und Elvira fuhr fort: »Mutti, du glaubst nicht, wie drollig sie ist. Noch nie war es bei einer Ausfahrt so lustig und unterhaltend wie heute gewesen. Kathrin soll immer bei mir bleiben, dann habe ich nie Langeweile.«

»Na«, erwiderte die Mutter, und der Ton ihrer Stimme war schon wieder griesgrämig, »ich finde, daß das kleine Ding recht vorwitzig und dreist ist. Kommt sie doch eben in die Küche und sagt: ›Gibt's bald was zu essen? Ich hab' so'n großen Hunger.‹ Von Bescheidenheit ist da wirklich keine Spur.«

»Zum Glück aber auch noch nichts von Verstellung und Durchtriebenheit«, sagte Herr Pächter und erhob sich, um in seine Fabrik zu gehen. »Ich hoffe, du hast dem kleinen, offenherzigen Ding etwas zu essen gegeben.«

Es war etwa drei Wochen später. Frau Britta war in der Stadt, um Einkäufe zu machen. Marlene saß im Nähzimmer und flickte für ihre Schwägerin, während Marienka Wäsche bügelte. Ein schwerer Stein war ihr vom Herzen gefallen, als der Onkel an jenem Tage, da er seine Angehörigen in Stuttgart polizeilich anmeldete, aus der Stadt zurückkam und die Nachricht brachte, daß Marienka, die in Markeden die achte Klasse der Volksschule besucht hatte und kurz vor der Schulentlassung stand, hier in Stuttgart erst gar nicht mehr in die Schule zu gehen brauchte. Davor hatte sie direkt Angst gehabt. Nichts wäre ihr so schmachvoll erschienen, als von den Stadtmädchen als Landpomeranze angesehen und nicht für voll gerechnet zu werden. Viel lieber machte sie sich dann im Haushalt der Tante nützlich, wo es ja immer irgendeine Arbeit für sie zu tun gab. Tante Britta war zwar nach wie vor sehr reizbar, ja oft geradezu unfreundlich zu ihnen, dafür war aber Onkel Bruno um so herzlicher und nahm sich ihrer in wirklich väterlicher Weise an. Andreas besuchte seit einigen Tagen die Handelsschule. Er tat dies mit großer Freude. Schon immer war es sein Wunsch gewesen, sich mehr Wissen anzueignen, als die Markedener Dorfschule ihm hatte bieten können. Hier war nun eine Gelegenheit, und er war fest entschlossen, diese wahrzunehmen. Zwar war es ihm wie eine große Demütigung erschienen, daß der Onkel zwei seiner Anzüge vom Schneider umändern ließ und daß er diese nun tragen mußte. »Kann ich nicht in meinem eigenen Anzug zur Schule gehen?« hatte er gefragt. Aber Onkel Bruno hatte es so angeordnet, und er mußte sich fügen. Marienka aber konnte nicht umhin, ihm vorzuhalten: »Siehst du, über Kathrinchens Freude an den niedlichen Kleidchen von Elvira hast du dich aufgeregt, und nun trägst du selbst die Anzüge vom Onkel.«

»Du wirst nicht behaupten wollen, daß ich sie gerne trage«, gab er gereizt zurück. »Und wenn du noch viel redest, dann ziehe ich sofort meinen eigenen Kittel wieder an, mag er dem Onkel noch so unpassend vorkommen.«

Die Mutter versuchte zu beschwichtigen. »Es lohnt sich wirklich nicht, darüber zu streiten. Du, Marienka, weißt genau, daß Andreas die Anzüge des Onkels nicht trägt, um damit zu prahlen, sondern daß er sich hierzu überwinden mußte; und du, Andreas, bist dir darüber klar, daß du Onkel Bruno, der so gut zu uns ist und dich fördert, wo er nur kann, nicht beleidigen darfst.« Er hatte nämlich mit seiner Schwägerin darüber gesprochen, daß er plane, Andreas in seiner Fabrik vorwärts zu bringen. »Sieh, Marlene«, hatte er gesagt, »ich habe keinen Sohn. Unser einziges Kind, Elvira, ist leidend und wird wohl ihr Leben lang zart bleiben. Ich habe bisher wenig für euch tun können. Nun laßt mich das nachholen. Auf Verständnis bei meiner Frau könnt ihr kaum rechnen. Das darf euch aber nicht stören. Ich habe mir in den Kopf gesetzt, Andreas, der ein wirklich vielversprechender Junge ist, zu fördern. Er soll jetzt ein Jahr die Handelsschule besuchen, Buchführung, Schreibmaschinenschreiben, Stenographie und anderes kaufmännisch Wichtige lernen. Später plane ich, ihn, wenn er Lust dazu hat, als Lehrling in meine Fabrik zu nehmen, um einen guten Kaufmann aus ihm zu machen. Und wenn er meinen Erwartungen entspricht, dann soll er einmal mein Nachfolger werden. Aber ich bitte dich, Marlene, über dieses Letzte mit Andreas noch nicht zu sprechen. Ebensowenig, wie ich zu meiner Frau vorerst etwas darüber sage. Dir aber will ich eine Sorge damit abnehmen. Ich weiß, du quälst dich im Gedanken an die Zukunft deiner Kinder.« Frau Marlene standen die Tränen in den Augen, sie konnte ihm nur stumm die Hand reichen.

»Bruno, ich weiß nicht, wie ich dir danken soll. Wenn das Rudolf wüßte, wie treu du dich unser annimmst!«

Und nun saß sie im Nähzimmer und stopfte. »Mutter, hilf mir bitte, dieses Tischtuch zusammenzulegen«, bat

Marienka. »Ich glaube, daß ich im Laufe des Tages mit der Bügelwäsche fertig werde.« In diesem Augenblick gellte ein lauter Schrei aus der Küche zu ihnen herüber.

»Was war das?« fragten sich die beiden erschrocken. »Das muß Julie gewesen sein. Spring schnell, Marienka, und schau, ob ihr etwas passiert ist.« Diese schaltete fürsorglich das Bügeleisen aus und eilte dann zur Küche. Sie hatte bisher jede weitere Verbindung mit Julie gemieden und war immer froh gewesen, wenn die Tante ihr eine Arbeit zugeteilt hatte, die sie nicht gemeinsam mit Julie verrichten mußte.

Als Marienka die Küche betrat, galt es, sich nicht lange zu besinnen. Stöhnend und schluchzend kauerte Julie auf einem Küchenhocker. Sie hatte sich das Bein mit kochendem Wasser verbrüht und klagte über große Schmerzen.

»Um alles in der Welt, wie ist denn das passiert?« fragte Marienka. »Gut, daß du keine Strümpfe anhast. Aber was mache ich jetzt zuerst, um dir die Schmerzen zu lindern? Warte, ich rufe schnell meine Mutter, die weiß bestimmt Rat.« Bald darauf stand Frau Marlene im Schlafzimmer ihrer Schwägerin und entnahm der Hausapotheke eine Brandbinde. Während sie das verbrühte Bein behandelte, jammerte Julie und stöhnte. Außerdem fürchtete sie sich vor den Vorwürfen der Frau Pächter.

»Was wird sie bloß sagen, wenn das Essen nicht fertig ist? Ich bin ohnehin spät genug dran. Oh, oh, mein Bein, mein Bein!« So jammerte sie, und die Tränen kollerten ihr dabei über das Gesicht.

»Jetzt sorge dich nur nicht um das Kochen!« sagte Frau Marlene. »Das werden Marienka und ich schon erledigen.« Letztere gab keine Antwort. Jetzt natürlich war die eingebildete Julie froh für ihre Hilfe. Marienka hatte es ihr noch nicht vergessen, daß Julie ihr in den ersten Tagen ihres Hierseins so schnippisch geantwortet hatte, als sie ihre Hilfe anbot: »Ich bin bis jetzt ohne euch fertig geworden, ich brauche euch auch jetzt nicht.« Mochte sie doch sehen, wie sie fertig wurde. Sie hatte der Mutter geholfen, das verbrühte Bein zu verbinden, nun mochte kochen wer wollte. Marienka warf den Kopf in den Nacken und sagte: »Ich gehe jetzt wieder zum Bügeln.«

Frau Pächter kannte ihre Tochter genau. Sie wußte, es war besser, sie jetzt gewähren zu lassen. Es hatte keinen Sinn, sie in diesem Augenblick zu zwingen. Sie hätte sich wohl ihrem Willen gefügt, jedoch nur trotzig und murrend. Und die Bügelwäsche mußte schließlich auch fertig werden. Heute abend, wenn sie allein mit Marienka war, wollte sie mit ihr sprechen.

Nach einer halben Stunde betrat Andreas, der aus der Handelsschule kam, das Nähzimmer. »Wie kommt es, daß Mutter allein in der Küche steht, Kartoffeln schält und kocht?«

»Julie hat sich das Bein verbrüht«, gab Marienka zur Antwort.

»Das meine ich nicht. Das hat mir Mutter bereits erzählt. Aber warum hilfst du der Mutter nicht in der Küche? Du weißt doch, daß sie so schlecht stehen kann. Sie sollte sich unbedingt noch schonen, wenn wir nicht wollen, daß sie uns aufs neue zusammenklappt.«

Marienka warf dem Bruder einen wütenden Blick zu. »Ich bin ja schließlich auch an der Arbeit, wie du siehst. Meinst du, es sei eine Kleinigkeit, diese Riesenwäsche zu bügeln? Du kommst von deinem Vergnügen, spielst dich als Herr auf und willst mir hier Vorschriften machen!«

»Wer spielt sich als Herr auf?« Andreas war nahe zu seiner Schwester getreten. Flammenden Auges stand er ihr gegenüber. Es sah aus, als wolle Andreas Marienka schlagen. Sie begann zu weinen. »Du hast natürlich keine Ahnung, wie müde und kaputt man ist, wenn man stundenlang am Bügeltisch steht.«

Und wieder war Andreas der Vernünftige. Er trat zurück, legte seine Mappe mit den Büchern zur Seite und wandte sich merklich freundlicher an seine Schwester: »Ich will es zugeben, daß du müde bist, Marienka, aber sei doch ehrlich, du hast Muttchen in der Küche allein gelassen, weil du noch immer auf Julie wütend bist und nicht mit ihr arbeiten magst. Stimmt es nicht?«

Marienka war noch immer nicht ausgesöhnt. Sie warf wieder den Kopf in den Nacken und sagte: »Und wenn es so wäre, dann geht es dich nichts an. Du tust immer, als seist du mein Vormund, dabei bist du nur zwei Jahre älter als ich. Ich lasse mich einfach nicht von dir herumkommandieren.«

Andreas legte die Hand auf ihre Schulter. »Komm, sei vernünftig. Wenn es wirklich manchmal den Anschein hat, als wolle ich über dich oder Kathrin bestimmen, so ergibt sich das aus der Lage, in der wir leben. Du weißt selbst, daß Mutter lange Zeit in einem Zustand war, daß ich an Vaters Stelle handeln und Entscheidungen treffen mußte. Glaube mir, Marienka, manchmal wäre es mir viel leichter, ich müßte nicht die ganze Verantwortung auf meinen Schultern tragen. Andere Jungen meines Alters dürfen noch richtig jung und unbeschwert sein. Bei mir ist das doch schon lange vorbei. Ich trage manchmal schwer genug daran. Und nun dürfen wir es uns nicht auch noch gegenseitig unerträglich machen. Sieh, du tust bestimmt gut daran, dich zu überwinden. Wir müssen nun einmal damit fertig werden, daß wir Flüchtlinge und daher auf die Hilfe unserer Angehörigen angewiesen sind, und wir handeln nur klug, wenn wir uns ihnen nützlich machen. Ich meine, es sei gerade jetzt die beste Gelegenheit, Julie, die durch ihre Verbrühung reichlich hilflos geworden ist, jetzt zu beweisen, daß wir vom Lande auch etwas können. Und der Tante kommst du dadurch vielleicht auch etwas näher.«

»Pah, der Tante!« erwiderte Marienka geringschätzig. »Als ob mir daran etwas läge.« Sie zog aber doch das Kabel aus der Steckdose und räumte das Bügeleisen weg. Irgend etwas in Andreas Worten hatte sie nachdenklich und weich gestimmt. In dieser Weise hatte er eigentlich noch nie mit ihr gesprochen.

»Übrigens werde ich dir von meinem ersten selbstverdienten Geld ein neues Kleid kaufen«, sagte Andreas. »Ich weiß, du brauchst nötig eins.« Damit hatte er allerdings seine Schwester auf seiner Seite.

»O wie fein, Andreas«, erwiderte sie beglückt. »Dann wird die dumme Pute, die Julie, aber Augen machen. Und weißt du, wir suchen dann eins aus, ein feines, so daß man nicht merkt, daß wir vom Lande kommen.«

»O Marienka«, sagte Andreas, »wie sehr wünschte ich, wir wären wieder auf dem Land, in unserem lieben Markeden!« Aber die Schwester hörte das Letzte schon nicht mehr. Sie war in die Küche gegangen, um der Mutter dort zu helfen.

Es war nach dem Mittagessen. Herr Pächter hatte sich ein wenig hingelegt, da trat seine Frau zu ihm und begann wieder zu jammern: »Das kann ja schön werden. Ich habe gleich, als ich heimkam, den Arzt aus dem Nachbarhaus gerufen. Der hat sich Julies Bein angesehen. Das sieht ja toll aus. Doktor Hegele meinte, es würde einige Wochen gehen, bis sie wieder herumlaufen könne. Das sind ja schöne Aussichten. Ich sage ja, ein Unglück kommt selten allein.«

»Nun fange nur nicht wieder an, eines deiner berühmten Klagelieder zu singen«, erwiderte ihr Mann. »Von welchem Unglück außer der Verbrühung Julies sprichst du überhaupt? Ist denn heute morgen noch etwas passiert?«

»Wer spricht denn von heute morgen?« fuhr Frau Pächter hoch. »Ist es nicht Unglück genug, daß wir deine Leute aufnehmen mußten?«

Jetzt richtete sich Bruno Pächter voller Zorn auf. »Ich will dir einmal etwas sagen, Britta. Du dankst vielleicht noch einmal Gott dafür, daß Marlene zu uns gekommen ist. Was du als Last und Unglück betrachtest, sehe ich als Segen für unser Haus an. Außerdem ist Marlene so ein bescheidener, stiller und lieber Mensch und bemüht sich trotz ihrer körperlichen Schwäche, dir so viel wie möglich an Arbeit abzunehmen. Und auch die Kinder sind fleißig und willig. Mir scheint, Marienka ist sofort in der Küche eingesprungen, nachdem Julie sich verbrannt hat. Bemühe dich doch einmal, an einer Sache das Gute und nicht immer das Schlechte zu sehen. Du machst dir dein Leben dadurch nur selber schwer.«

»Wenn du es nur einmal einsehen würdest«, jammerte seine Frau weiter, »wie schwer ich es habe. Übrigens ist es mit der Bescheidenheit deiner Schwägerin und mit ihrer Zurückhaltung gar nicht so weit her. Ist sie doch heute vormittag, als niemand von uns im Hause war, einfach in unser Schlafzimmer gegangen und hat in der Hausapotheke herumgekramt.«

Jetzt sprang Herr Pächter, aufs äußerste verärgert, auf: »Britta, mit dir ist nichts anzufangen. Ganz bestimmt hat sie nichts anderes getan, als in dem Schränkchen nach einer Salbe gesucht. Dein Mißtrauen ist geradezu niederträchtig. Ich wiederhole noch einmal: Es kommt vielleicht die Stunde, wo du sehr darüber froh bist, daß Marlene mit den Kindern zu uns gekommen ist.« Mit diesen Worten verließ er das Schlafzimmer, um sich im danebenliegenden Baderaum fertig zu machen. Frau Britta aber murmelte mißgestimmt vor sich hin: »Das wirst du nicht erleben.«

Die beiden Kinder, Elvira und Kathrin, hatten sich längst miteinander angefreundet. »Ich kann mir gar nicht mehr vorstellen, wie es ohne die Kleine bei uns ist«, sagte Elvira zu ihrer Pflegerin. Früher bin ich oft vor Langeweile beinahe vergangen. Jetzt kommt Kathrinchen jede Stunde mit einem neuen, spaßigen Einfall.«

»Die sind oft mehr als spaßig«, sagte Schwester Elly mit einem kleinen Seufzer, bei dem jedoch ein heiteres Lächeln auf ihrem Gesicht lag. »Wenn ich nur an gestern denke!«

Herr Pächter hatte zu seiner Schwägerin gesagt: »Du hast ja noch gar nichts von unserem schönen Stuttgart gesehen. Wohl ist ein großer Teil seiner Schönheit durch den Krieg zerstört. Stuttgart war früher, wie du sicher weißt, die schönste Stadt Deutschlands, aber auch heute birgt es noch manche Kostbarkeiten. Ich will mich in diesen Tagen für einen Nachmittag freimachen und mit euch einen Ausflug machen.« – Das war nun gestern geschehen. Die Kinder waren längst vor der verabredeten Zeit fertig und warteten ungeduldig auf die Erwachsenen.

»Große Leute sind langweilig!« murrte Kathrin. »Ich gehe inzwischen noch einmal auf den Hof zum Hasenstall.« Fort war sie.

Endlich waren auch die Erwachsenen fertig. Frau Britta hatte allerlei Ausflüchte gehabt. »Ich kann nicht mitgehen, solange Julie mit ihrem verbrühten Bein nicht arbeitsfähig ist. Schließlich wollt ihr heute abend, wenn ihr zurückkommt, auch etwas zu essen haben.« Aber ihr Mann ließ ihre Ausflüchte nicht gelten. »Marienka hat heute vormittag fast selbständig das Mittagessen gekocht. Sie hilft dir heute abend, dann ist das Nachtessen schnell fertig. Wir kommen so selten dazu, miteinander fortzugehen. Wenn Marlene und die Kinder dabei sind, gehörst du auch dazu, Britta.« Nur ungern fügte sie sich. Als sie aber ihre Schwägerin die Treppe herunterkommen sah, entsetzte sie sich: »Nein, Marlene, so kannst du unmöglich in die Stadt gehen.«

»Warum nicht?« fragte diese.

»Mit diesem Kopftuch kannst du dich nicht auf der Straße sehen lassen. Das mag bei euch auf dem Lande recht sein, aber hier in der Stadt würdest du unbedingt auffallen.«

»Aber Britta«, versuchte ihr Mann einzulenken. »Ich weiß gar nicht, was du willst. Kopftücher sind doch heute die große Mode. In allen Farben und Schattierungen leuchten sie von den Köpfen der Frauen und Mädchen.«

»Ach was, das ist doch etwas ganz anderes. Mit diesen schwarzen Fetzen kann Marlene sich wirklich nicht sehen lassen. Schwester Elly, springen Sie bitte hinauf. Auf meinem Kleiderschrank steht die Hutschachtel. Ich denke, der kleine schwarze mit der weißen Feder oder der dunkelbraune mit den Blumen könnte meiner Schwägerin passen.«

Aber Frau Marlene hielt diese zurück. Dann wandte sie sich an Frau Britta. »Nein, ich habe mich noch nie mit fremden Federn geschmückt. In Markeden haben mein Kleid und das Tuch genügt. Wir Dorffrauen gehen alle so. Ich habe noch nie einen Hut auf dem Kopf gehabt. Wenn ich mich hier in Stuttgart nicht so sehen lassen kann, dann bleibe ich eben zu Hause.« Sie wandte sich, um die Treppe wieder hinaufzusteigen.

»Muttchen, dann bleibe auch ich bei dir«, rief Andreas, der sich über die Tante empörte. Wieder mußte der Onkel eingreifen, und er tat es energisch. »Nichts da«, sagte er, »ihr kommt beide mit. Wem du nicht gefällst, der kann ja wegsehen.« Und ohne auf die beleidigte Miene seiner Frau zu achten, öffnete er die Haustür. »Also auf zur Stadtbesichtigung!«

Elvira saß bereits in ihrem Rollstuhl vor dem Haus. Oft durfte das gelähmte Kind mit dem Vater in seinem eleganten Auto fahren. Aber heute wollte man ja gemeinsam die Stadt besichtigen, da hätten nicht alle in dem Wagen Platz gefunden. »Nicht wahr, Schwester Elly, heute darf ich Elvira schieben«, bettelte Marienka.

»O ja!« rief diese. »Vielleicht wirst du später auch einmal Schwester wie Elly, dann wirst du meine Pflegerin, wenn diese alt und grau ist.«

»Aber Elvira!« tadelte Frau Britta. »Was redest du für Sachen. Wir wollen doch hoffen, daß die Zeit kommt, wo du auf eigenen Füßen stehen kannst.«

»Nun aber endlich los!« mahnte der Onkel. »Komm, Marlene, stütze dich auf mich, wir gehen langsam, damit es dich nicht zu sehr anstrengt.« Frau Britta seufzte: »Ich wünschte, wir wären schon wieder zu Hause.« Sie waren etwa eine Viertelstunde gegangen, als sie entdeckte, daß Kathrin, die auf der rechten Seite neben Elviras Rollstuhl ging, ihr Deckelkörbchen in der Hand hielt. Sie ahnte nichts Gutes. Sollte dieses unglückliche Kind gar auf die verrückte Idee gekommen sein ... tatsächlich, da hob sich auch schon der Deckel. Tante Britta stieß einen leichten Schrei aus: »Hab' ich mir's doch gedacht!« Aber ehe sie es verhüten konnte, war bereits eines der kleinen Häschen aus dem Korb gesprungen – hopp! – und – da folgte ihm – hopp! – das zweite.

»Hierbleiben! Hierbleiben!« schrie Kathrin bestürzt. »Was fällt euch ein?« Und sie rannte hinterher, quer über den Platz, den sie gerade überschreiten wollten. Um ein

Haar wäre sie unter die Räder eines in voller Fahrt daherkommenden Autos geraten.

»Kathrin!« schrie Frau Marlene entsetzt auf und wurde totenbleich. Andreas aber war mit ein paar großen Sätzen zu der Kleinen gesprungen, faßte sie am Arm und riß sie zurück. »Bist du verrückt?« schrie er sie an.

Die Kleine aber wollte sich mit Gewalt losreißen und weinte herzzerbrechend. Schließlich schrie sie aus Leibeskräften: »Meine Hasen, meine Muckelchen, holt sie mir doch! Dort – dort sind sie! Oh, da drüben – ein Hund – er beißt sie tot – er beißt sie bestimmt tot! – Oh, oh – wer holt sie mir?«

Wer konnte diesen Jammer tatenlos anhören? Der Onkel rannte los, selbst die Tante lief über die Straße, auch Marienka. Und nun begann eine wilde Jagd, denn die beiden Häschen gerieten bei dieser Verfolgung in die größte Aufregung und rasten wie toll hin und her.

»Laßt sie doch laufen, wohin sie wollen«, rief schließlich Tante Britta und blieb erschöpft stehen. »Warum nimmt dieses ungezogene Kind auch die Tiere mit, ohne zu fragen.« Ihr Haar war zerzaust, der Hut verrutscht, und sie ärgerte sich maßlos über die Menschen, die sich im Nu angesammelt hatten und die nun lachend und sich köstlich amüsierend dieser seltenen Jagd zusahen. Immer größer wurde der Menschenauflauf, immer toller das Gelächter. Nein, wie peinlich! Dies alles hatte man nur diesen Verwandten vom Lande zu verdanken! Na, ihr Mann würde wohl nach diesem unmöglichen Geschehnis genug haben. Zu allem Unglück kam nun auch noch einer seiner Bekannten über die Straße, Direktor Weidenbruch, der als großer Witzbold und Spötter bekannt war. Der würde dafür sorgen, daß die Hasenjagd auf der Stuttgarter Straße überall bekannt würde. Es war doch um aus der Haut zu fahren.

»Na, Herr Pächter«, rief Direktor Weidenbruch lachend. »Sie sind ja bei einer seltsamen Beschäftigung. Darf ich Ihnen vielleicht behilflich sein?« Und mit einem eleganten Satz war er mitten auf dem Fahrdamm, und was den anderen bisher nicht gelungen war, das brachte er fertig. Im Nu hatte er die beiden Häschen eingefangen. »So, da wären die Ausreißer! Wem gehören sie denn? Etwa Ihnen, Frau Pächter? Oder ist es gar der letzte Modeschrei, Haustiere dieser Art spazieren zu führen? Dann wäre allerdings eine Hasenleine notwendig.«

Inzwischen hatte Herr Pächter seinen Hut, der ihm vom Kopf gefallen war, abgestaubt und kam lachend herbei, um seinen Bekannten zu begrüßen. »Nicht wahr, das war ein seltenes Abenteuer? Aber was tut man nicht alles für so ein niedliches, kleines Nichtchen?«

Kathrin war nun auch herzugesprungen. Auf ihren Wangen hingen noch Tränenperlchen. »Sie sind ein guter Mann«, rief sie Direktor Weidenbruch zu. »Ich danke auch schön!«

Frau Britta weigerte sich, nach diesem Ereignis weiter mitzugehen. In diesem Aufzug könne sie sich nirgends mehr sehen lassen. Zudem genüge ihr dieser Zwischenfall. Man könne nicht wissen, auf welche unglückseligen Einfälle dieses Kind noch komme. Alles Zureden ihres Mannes nützte nichts, sie bestieg eine elektrische Bahn, um nach Hause zu fahren. Entschieden weigerte sie sich, das Körbchen mit den beiden Hasen mitzunehmen. Da man aber nicht noch einmal eine solche Hasenjagd erleben wollte, blieb nichts anderes übrig, als daß Andreas mitfuhr und die kleinen Ausreißer nach Hause brachte. Es schien, daß es mit der Stadtbesichtigung nichts Rechtes werden sollte. Aber schließlich renkte sich doch alles ein. Andreas traf wie verabredet die anderen eine halbe Stunde später auf dem Schloßplatz. Inzwischen hatte

Onkel Bruno Kathrinchen ernsthaft ins Gewissen geredet. Er verbot ihr ein für allemal, so eigenmächtig zu handeln und ohne zu fragen die Hasen mitzunehmen, oder sonst etwas zu unternehmen, wozu sie nicht Erlaubnis bekommen hatte.

»Aber sie wollten doch beide so gerne mit!« antwortete das Kind. »Sie haben doch auch noch nicht die Stadt gesehen.«

»Du hast eine starke Einbildungskraft«, sagte der Onkel, »um so besser wird es sein, wenn du dich in Zukunft meinen Anordnungen fügst.«

Kathrin, die sah, daß es dem Onkel ernst war, machte ein erschrockenes Gesicht. Ihre Unterlippe begann bedenklich zu zittern, in ihre Augen traten aufs neue Tränen. Zärtlich schmiegte sie sich an den Onkel: »War ich böse? Ich wollte doch gar nicht ungezogen sein.« Da streichelte der gutmütige Onkel Bruno ihr das Köpfchen und sagte beruhigend: »'s ist schon gut, kleine Maus, ich weiß, du wolltest mich nicht ärgern, aber nicht wahr, das nächste Mal fragst du mich erst, bevor du etwas unternehmen willst. Nun aber vorwärts, sonst wird es nichts mehr mit unserem Ausflug.«

Es wurde doch noch ein schöner Nachmittag. Welch eine wunderbare Stadt war Stuttgart, und was gab es alles zu sehen! Schade, daß so viele wertvolle Gebäude zerstört waren! Der Onkel erzählte von früheren Zeiten, vom Alten und vom Neuen Schloß, von dem sorgfältig gepflegten Schloßplatz, der auch heute wieder wunderschön war, mit seinen leuchtenden Blumenbeeten und den alten, prächtigen Kastanienbäumen, die ihn umgaben. »Wie unnötig war dieser gräßliche Krieg!« seufzte Frau Marlene, »wieviel Schönes und welche Herrlichkeiten hat er ruchlos zerstört!« Und wieder eilten ihre Gedanken, wie so oft an jedem Tag, nach Markeden und zu ihrem lieben alten Haus, das heute ebenfalls in Trümmern lag.

Marienka interessierte sich besonders für die Königstraße mit ihren großen Geschäftshäusern und einladenden Schaufenstern. Liebe Zeit, das war doch etwas anderes als der kleine Kramladen im heimatlichen Dorf. Hier hätte sie stundenlang verweilen und all die Herrlichkeiten, die ihr so kostbar und begehrenswert schienen, betrachten können.

Als sie vor dem hohen Turmhaus des Stuttgarter Tagblattes standen, konnte sich Frau Pächter nicht genug verwundern: »Das ist ja der reinste Wolkenkratzer«, sagte sie. Darauf wollte Kathrin wissen, ob er die Wolken kratze oder ob sie ihn kratzten. Vielerlei gab es zu sehen, so viel, daß alle nach diesem Ausflug recht ermüdet waren von dem Geschauten. »Das nächste Mal mache ich mit euch eine Rundfahrt im Auto um die Stadt. Von den Höhen rings um Stuttgart hat man einen prächtigen Ausblick. Das müßt ihr erleben.« Der gute Onkel Bruno, immer war er bemüht, ihnen eine Freude zu machen.

Eines Tages fuhr er mit den Kindern hinauf zur Gartenschau. »Vor dem Krieg gab es hier noch viel mehr zu sehen als jetzt«, sagte er. »Da waren hier allerlei einheimische, aber auch fremdländische Tiere, die auf wunderbar gepflegten Rasenflächen umherlaufen konnten. Die Kinder, die die Gartenschau besuchten, durften auf Eseln reiten, in reizenden Ponywagen fahren und seltene Tiere, die in großen, geräumigen Käfigen lebten, besichtigen. Dann waren dort die lustigsten Springbrunnen zu sehen. Einmal schossen sie ihre Strahlen hoch hinauf in die Luft, daß sie riesengroß wirkten, dann waren sie wieder klein und niedrig wie Zwerge. Am Abend wurden sie dann geheimnisvoll beleuchtet und strahlten auf in allerlei bunten Farben.

»Schade, daß wir das nicht mehr erleben können«, sagte Marienka bedauernd. »Komm nur«, erwiderte Onkel Bruno, »auch heute ist noch viel Schönes zu sehen. Die Stadt bemüht sich sichtlich, alles Zerstörte wieder aufzurichten und herzustellen, und auch auf diesem Gelände wird mächtig gearbeitet, und es ist schon viel zu sehen. Ihr werdet auch heute befriedigt sein.«

In diesem Augenblick stieß Kathrinchen in hellster Begeisterung einen lauten Schrei aus. »Oh, oh, wie wunderschön – sieh doch, Muttchen, sieh doch die vielen, vielen schönen Blumen!« Hätte man sie nicht zurückgehalten, sie wäre in ihrer Freude mitten hineingestürmt in diese Pracht. Was gab es da aber auch alles zu sehen! In unvorstellbarer Farbenschönheit blühten hier ganze Blumenfelder. Astern in allen Schattierungen, Dahlien und Georginen zu Tausenden, Sonnenblumen in einer Pracht und Größe, wie Frau Marlene und die Kinder sie nie vorher gesehen hatten. Unzählige Nelken erfüllten die Luft mit einem fast berauschenden Duft. Es war einfach herrlich!

»Hier möchte ich immer bleiben!« jubelte Kathrin, und Marienka fügte hinzu: »Hier ist es noch viel, viel schöner als vor den Geschäften in der Königstraße.«

Andreas hatte den Arm um Frau Marlenes Schultern gelegt: »Nicht wahr, Muttchen, das gefällt doch auch dir! Neben dem vielen Schweren haben wir doch auch manches Schöne erlebt.« Sie sah ihm ernst und froh zugleich in die Augen: »Ja, mein Junge, und wir wollen das nie vergessen und Gott stets dankbar dafür sein. Es ist falsch, sich immer aufzuzählen, was man nicht mehr hat, man soll sich an dem freuen, was man noch oder wieder besitzt oder erlebt.«

Aber dann kam etwas, was Kathrinchen fast noch mehr begeisterte als die Blumenpracht: die Liliputeisenbahn. Mit eifrigem Schnaufen und Fauchen kam sie daher, eine richtige, kleine Eisenbahn auf Schienen, mit einem Heizer, einem Lokomotivführer, auch ein Stationsvorsteher war da, der eine rote Mütze trug, seine runde Scheibe hob und auf seiner Pfeife pfiff, wenn der Zug sich in Bewegung setzte. Männer und Frauen, Kinder und Greise, jung und alt, fuhren mit und schauten sehr vergnügt drein, als sie in dieser richtigen Zwergeisenbahn fuhren. Nicht nur die Kinder, sondern auch der Onkel und selbst Frau Marlene lachten höchst vergnügt, als nun auch sie in dieser herrlichen Eisenbahn saßen. Kathrinchen aber fiel dem Onkel Bruno mitten während der Fahrt um den Hals: »Du lieber, lieber, allerbester Onkel, du bist so gut, und nicht wahr, nachher kaufst du uns auch noch Eis. Da drüben gibt es welches.« Der Onkel nickte und versprach, ihren Wunsch zu erfüllen. Andreas aber schüttelte mißbilligend den Kopf: »Kathrin, du wirst unverschämt. Man bettelt doch nicht, ich weiß gar nicht, wie du auf solche Ideen kommst. In Markeden gab es doch gar kein Eis, du hast ja noch nie welches gegessen.«

»Aber es schmeckt gut«, behauptete das kleine, unternehmungslustige Persönchen. »Gestern stand ein Junge vor dem Haus mit einer Eiswaffel. Der hat mich mal lekken lassen.«

Von diesem Ausflug kehrten alle sehr befriedigt zurück.

Tante Britta war nicht zu bewegen gewesen, an einem solchen Familienausflug teilzunehmen. »Nicht eher, bis diese kleine Dorfkrabbe zivilisiert ist«, sagte sie und drohte Kathrin mit dem Finger. Diese wußte zwar nicht, was das schwere Wort zu bedeuten hatte, aber sie ahnte Zusammenhänge und fragte: »Nicht wahr, Tante, du freust dich nicht so sehr wie der Onkel und Elvira, daß wir gekommen sind. Weißt du, wenn unser Vati zurückkommt, dann bleiben wir keine Stunde länger mehr bei dir, hat Andreas gesagt.« Alle blickten sich verlegen an. Was plauderte die Kleine da wieder aus! Andreas bekam einen ganz roten Kopf. Die Tante aber rauschte beleidigt hinaus. »'s ja gut, daß ich weiß, wie man über mich denkt«, murmelte sie erbost vor sich hin. Am Abend dieses Tages sagte ihr Mann zu ihr: »Britta, wunderst du dich über Andreas' Ansicht? Wenn man täglich fühlen muß, wie unerwünscht und überflüssig man ist, kann man keine andere Einstellung erwarten. Gib dir doch Mühe, dich damit abzufinden, daß unsere Verwandten bei uns sind!« Aber er bekam keine Antwort.

Marienka hatte inzwischen fast sämtliche Arbeiten übernommen, die sonst Julie verrichtet hatte. Es war erstaunlich, wie sie in ihren Pflichtkreis hineinwuchs, und die Mutter freute sich, zu beobachten, daß sie viel fleißiger und pünktlicher arbeitete, als sie es früher zu Hause getan hatte. Wahrscheinlich litt ihr Ehrgeiz es nicht, daß die Tante an ihr etwas auszusetzen gehabt hätte. Auch den Groll gegen Julie hatte sie jetzt nahezu überwunden, ja, die beiden jungen Mädchen hatten sich fast ein wenig angefreundet. Manchmal arbeiteten sie miteinander. Julies Fuß war zwar noch immer nicht geheilt, aber wenn sie ihn hochlegte, konnte sie schon in der Küche sitzen, Kartoffeln schälen oder Gemüse putzen. Sie mußte auch zugeben, daß das Mädchen vom Lande, das sie zuerst so geringschätzig behandelt hatte, ihr in manchem Handgriff voraus war. Als sie dieses eines Tages ganz offen vor Marienka zugab, fand diese ihr Selbstvertrauen wieder, und nun arbeiteten die beiden jungen Mädchen gerne zusammen. Frau Marlene freute sich darüber. Aber Frau Britta sah auch dieses nicht gern. Es paßte ihr nicht, daß die beiden bei der Arbeit oft zweistimmig fröhliche Lieder sangen. Sie lachten ihr zu oft, und sie hatte an allem und überall irgend etwas auszusetzen und zu nörgeln.

So gingen Monate dahin. Andreas besuchte die Handelsschule und war von der Lehrerschaft seines ernsten Fleißes wegen sehr geschätzt. Hinter all seinem Schaffen und Streben stand nach wie vor das Ziel, so bald als möglich für seine Mutter und Schwester arbeiten und sie versorgen zu können. Der Onkel aber, der seinen tüchtigen Neffen mit Wohlgefallen beobachtete, hegte seine geheimen Pläne und nahm sich vor, dem Jungen zu einer sicheren Lebensgrundlage und Laufbahn zu verhelfen.

Eines Tages brachte Herr Pächter einen alten Schuhmachermeister mit nach Hause. Hans-Jörg Kroll gehörte zu seinen langjährigen Kunden, die ihre Lederwaren von der Fabrik Bruno Pächters bezogen. Er kam alle paar Monate aus dem Filstal nach Stuttgart gefahren und brachte jedesmal für die leidende Tochter seines Lieferanten einige Eier oder etwas Butter mit. So war er auch bei Frau Britta, die sonst mit einfachen Leuten keine Verbindung suchte, ein gern gesehener Gast. Als Besitzer einer kleinen Landwirtschaft war der alte Kroll ihr stets ein willkommener Besucher. Sie duldete ihn sogar am Kaffeetisch. Bescheiden saß der kleine, durch jahrelanges mühevolles Arbeiten gebückte Mann auf seinem Stuhl. Kathrinchen beobachtete ihn eingehend. Plötzlich rutschte sie von ihrem Stuhl herunter, stellte sich neben ihn, deutete mit dem Zeigefinger auf seinen Kropf, der über seinem offenen Hemdskragen hervorragte, und fragte: »Du, Mann, was hast du da für eine Knolle am Hals? Wenn du schluckst, bewegt sie sich hin und her und es wachsen auch ein paar kleine Härchen darauf!«

»Aber Kathrin, wie ungezogen!« rief Tante Britta entsetzt. Und »Kathrin, solche Fragen stellt man nicht«, tadelte die Mutter.

Onkel Bruno aber lachte, und auch über das Gesicht des alten Kroll zog ein heiteres Schmunzeln. »Das kann ich dir genau erklären«, sagte er und hob das kleine Mädchen wohlwollend auf seine Knie. »Als ich noch ein kleiner Junge war, etwas größer als du, da habe ich zu gerne genascht, obgleich mir das streng verboten war. Ich konnte es aber einfach nicht lassen. Einmal hatte meine Mutter Kartoffelklöße gebacken, und als sie einen Augenblick aus der Küche ging, nahm ich in hastiger Geschwindigkeit einen dieser Klöße weg. Weil ich aber meine Mutter gleich darauf zurückkommen hörte, schob ich den Kloß auf einmal in den Mund und schluckte ihn, um nicht ertappt zu werden, herunter, ohne ihn zu zerkauen. Da blieb er mir im Halse stecken und ist in all den Jahren nicht heruntergerutscht. ›Das ist die Strafe fürs Naschen!‹ sagte meine Mutter.«

»Oh!!!« Kathrinchen machte große Augen, denen man das helle Entsetzen ansah. Sie begriff nicht, warum alle lachten. Ganz schweigsam blieb sie auf dem Schoß des alten Mannes sitzen. Nach einer Weile rutschte sie herunter und verschwand, ohne von den anderen beachtet zu werden, aus dem Zimmer. In der Vorhalle stand sie dann längere Zeit vor dem großen Spiegel und betrachtete ihren Hals und befühlte ihn ängstlich mit ihren Händen. Von dort eilte sie in Elviras Zimmer, die sich heute nicht sehr wohl fühlte und daher liegengeblieben war. »Du, Elvira«, sagte sie, »fühl' mal hier an meinem Hals, ist da nicht ein kleiner Knubbel?« Aber diese konnte beim besten Willen nichts finden. »Wie kommst du denn darauf?« fragte sie. Kathrinchen verriet jedoch nicht, daß sie Angst habe, das Zuckerstückchen, das sie gestern heimlich vom Teetisch genascht habe, sei ihr im Hals steckengeblieben und bilde ein kleines Kröpflein, mit dem sie sich ihr Leben lang abplagen müsse.

Inzwischen saß der alte Kroll noch immer beim Kaffeetisch, er war durch das heitere Zwischenspiel mit dem kleinen Kathrinchen gesprächig geworden.

»Wie geht es eigentlich unseren Verwandten auf dem Grünberg?« fragte Herr Pächter, der sich gern mit dem leutseligen alten Mann unterhielt. Frau Britta räusperte sich. Daß ihr Mann aber auch wieder davon anfangen mußte. Er wußte doch genau, daß sie zu dieser Verwandtschaft in einem ähnlichen Verhältnis stand wie zu den Angehörigen ihres Mannes. Eine Stunde Wegs oberhalb des Dorfes, in dem Hans-Jörg Kroll wohnte, lebte in einem kleinen, landschaftlich jedoch wundervoll gelegenen Gehöft eine entfernte Verwandte von ihr, die Hannedore Pfleiderer, die schon seit zwanzig Jahren blind und in den letzten Jahren durch ein schmerzhaftes Gichtleiden ans Bett gefesselt war. Sie hatte keine Kinder, lebte aber mit ihrem Mann, einem äußerst gutmütigen, fleißigen Menschen in glücklicher Ehe. Da ihr Anwesen nicht groß war, schaffte er mit einer Magd und einem Knecht die Arbeit gut, und so lebten sie beide glücklich und zufrieden. Frau Britta hatte sich dieser einfachen Verwandten auf dem Grünberg eigentlich immer geschämt und sich kaum um sie gekümmert, bis zu der Zeit, da sie während des Krieges froh war, wenn diese ihr dann und wann ein paar Liter Milch, ein halbes Dutzend Eier oder einen Zentner Kartoffeln zukommen ließen. Damals mußte Herr Pächter von Zeit zu Zeit hinauffahren, einige Lederreste abliefern, um dafür besagte wichtige Dinge einzutauschen. Um das persönliche Wohl ihrer Tante Hannedore und ihres Mannes Jakob hatte sich Frau Britta nie gekümmert. Gewiß, es mußte ein hartes Schicksal für die Frau sein, blind und von Gicht geplagt darniederzuliegen, aber schließlich gab es soviel Elend in der Welt; wer konnte sich um das alles kümmern! Und außerdem hatte sie an ihrem eigenen Leid genug zu tragen, dadurch daß sie eine gelähmte Tochter hatte. So dachte Frau Britta und ahnte nicht, daß durch das Mittragen fremden Leides uns das eigene gar nicht mehr so hart vorkommt.

Nach diesen Verwandten fragte nun Herr Pächter. »Ja«, gab Hans-Jörg Kroll zur Antwort und wischte sich umständlich mit seinem großblumigen, roten Taschentuch die Stirn. »Nun ist das so: Auch vom Kaffeetrinken kann man zum Schwitzen kommen. Bei den Pfleiderers auf dem Grünberg ist es so: Die Hannedore ist eine bewundernswürdig duldsame und von Herzen fromme Frau. Kein Klagelaut kommt über ihre Lippen. Der Jakob, ihr Mann, tut alles, was er ihr von den Augen absehen kann, obgleich diese blind sind. Wie zwei Kinder leben die beiden miteinander. Aber nun ist es so: Der Jakob hat sich vor einigen Tagen beim Baumfällen mit der Axt ins Schienbein geschlagen, nun liegt er daheim. Es soll eine ganz schlimme Geschichte geworden sein. Und nun ist das so –« Marienka unterdrückte ein Lachen, die Mutter warf ihr einen verweisenden Blick zu. Man mußte sich eben daran gewöhnen, daß der alte Kroll jeden neuen Gedankengang seiner Rede mit den Worten »Und nun ist das so« begann. Er fuhr fort: »Die beiden haben wohl eine Magd, die nach ihnen schaut, und den Knecht, aber er soll nichts Rechtes sein, und wenn der alte Jakob nicht bald wieder auf die Beine kommt, dann wird es da oben bald eine rechte Sauwirtschaft geben.«

Nun platzte Marienka aber doch los und mußte es sich gefallen lassen, daß die Tante auf ihren Lachkrampf mit einem empörten »Beherrsche dich gefälligst« antwortete. »Gelt, eine solche Ausdrucksweise kennt man bei euch in Markeden nicht«, versuchte der Onkel zu überbrücken. »Aber um unsere Verwandten auf dem Grünberg müssen wir uns unbedingt kümmern. Wir können doch die arme Tante Hannedore und den Onkel Jakob nicht ihrem Elend überlassen. Ich will gleich nächste Woche mal mit dem Auto hinauffahren. Hast du Lust mitzukommen, Andreas? Dann hast du gleich Gelegenheit, unser schönes Filstal kennenzulernen.« –

Aber es kam ganz anders, als geplant war. Schon zwei Tage später erhielten die Pächters die Nachricht, daß der Onkel Jakob an Blutvergiftung gestorben sei.

Seufzend holte Tante Britta ihre schwarzen Kleider aus dem Schrank. Diese Beerdigung paßte ihr gar nicht. Aber schließlich war es der Mann ihrer Verwandten, der beerdigt wurde, und sie durfte es diesmal nicht wagen, sich dem Willen Brunos zu widersetzen, der von ihr forderte, daß sie an der Beerdigung teilnahm.

»Die arme blinde Frau!« sagte Marlene Pächter. »Wer wird sich jetzt ihrer annehmen?«

Als Herr Pächter mit seiner Frau von der Beerdigung zurückkehrte, war er ebenfalls sehr in Sorge um die Arme, die nun ganz auf fremde Hilfe angewiesen war. »Der Knecht und die Magd haben mir wohl versprochen, ihre Pflicht gewissenhaft zu erfüllen und für die Blinde treu zu sorgen. Außerdem hat sich eine nette Nachbarsfrau angeboten, jeden Tag wenigstens einmal nach ihr zu sehen und auch ein Auge auf die beiden Dienstboten zu werfen. Aber es ist mir nicht ganz wohl dabei. Es müßte ein Mensch gefunden werden, der mit dem Herzen bei der Sache ist, der die arme Tante Hannedore liebevoll pflegt und überall nach dem Rechten sieht.« So berichtete der Onkel. Alle schwiegen und dachten mit tiefem Mitgefühl an die bemitleidenswerte Frau, die durch den plötzlichen Tod ihres Mannes arm und einsam geworden war.

»Onkel Bruno«, sagte da plötzlich Marienka, »meinst

du, ich könnte diesen Platz ausfüllen? Oder bin ich wohl zu jung dazu?« Alle blickten erstaunt auf das junge Mädchen, das sich da so unerwartet bereit erklärte, diese gewiß nicht leichte Aufgabe zu erfüllen.

»Du, Marienka?« erwiderte der Onkel. »Ich muß gestehen, daß ich mit dieser Möglichkeit überhaupt nicht gerechnet habe. Aber ich freue mich aufrichtig über deinen Mut, denn einen solchen beweist du mit deiner Bereitwilligkeit, zu Tante Hannedore auf den Grünberg zu gehen. Ich fürchte aber, du mutest dir zu viel zu. Denke doch, du bist erst fünfzehn Jahre alt.«

Marienka war über das Lob das Onkels ganz rot geworden. Nun aber mischte sich Frau Britta ein. »Das sieht dir doch wieder ähnlich, Bruno, du wärest wahrscheinlich imstande, das Mädel gehen zu lassen, wo ich sie bei unserem vergrößerten Haushalt dringend benötige. Du weißt ganz genau, daß Julies Fuß noch immer nicht in Ordnung ist. Soll ich mich jetzt vielleicht hinstellen und Treppen putzen und Wäsche waschen?«

»Aber Britta«, versuchte Herr Pächter einzulenken, »warum erregst du dich denn schon wieder? Ich sage ja gerade, daß ich Marienka noch für zu jung halte, diesen Platz auszufüllen. Wenn ich nur wüßte, wie wir der armen Hannedore helfen könnten.«

»Wie wäre es, wenn ich zu ihr gehen würde?« wagte nun Frau Marlene einzuwenden. »Ich sehe gut ein, daß Britta Marienka nicht gut entbehren kann, während ich ihr bisher wenig nützen konnte. Ich könnte vielleicht Kathrinchen mitnehmen, ihr wäret uns zwei los und der armen Tante Hannedore wäre doch etwas geholfen, wenn ich auch vorerst nicht allzu schwere Arbeit tun könnte.«

Ein Sturm der Entrüstung brach nach ihren Worten los. »Aber Muttchen, wo denkst du hin?« fuhr Andreas auf. »Kein Arzt würde dir das erlauben. Du bist noch viel zu schwach.«

»Das kommt gar nicht in Frage«, sagte Onkel Bruno, »das dürfte ich meinem Bruder Rudolf schon nicht antun und dich in diesem Gesundheitszustand fortlassen, um Landarbeit zu tun.«

»Ich möchte schon bitten, daß du um Elviras willen Kathrin hierläßt«, bemerkte die Tante, »obgleich das unerzogene Kind mir mehr Aufregungen bereitet, als ich verkraften kann.« Sie beachtete nicht die empörten Blikke von Andreas und Marienka und fuhr fort: »Merkwürdigerweise hat Elvira einen Narren an dem kleinen Ding gefressen und will sich nicht mehr von ihr trennen; aus diesem Grund müßte man, um ihr Erregungen zu ersparen, schon nachgeben. Also wenn du unbedingt auf den Grünberg willst, dann ohne Kathrin.«

»Du hast doch wohl gehört, Britta«, wiederholte Herr Pächter jetzt in scharfem Ton, »daß davon überhaupt nicht die Rede sein kann. Marlene verläßt unser Haus nicht, bevor sie nicht völlig hergestellt ist und sich ihre Verhältnisse überhaupt gebessert haben.«

Marienka und Andreas warfen dem Onkel einen dankbaren Blick zu. Dann sagte erstere aufs neue: »Ich traue mir zu, auf den Grünberg zu gehen. Sie pflegen und für sie und die beiden Dienstboten kochen und das Haus in Ordnung halten, das werde ich bestimmt fertigbringen. Bitte, Onkel Bruno, laß mich den Versuch machen. Julies Fuß ist gewiß in kurzer Zeit geheilt, und etwas hilft Muttchen ohnehin im Haushalt. So kann Tante Britta mich entbehren. Bitte, Onkel Bruno, laß mich gehen, und nicht wahr, Mutter, du erlaubst es auch?«

Und da geschah es, daß die sonst so stille und zurückhaltende Frau Marlene ihrer Tochter freudig zunickte und sagte: »Gut, Marienka, meine Tochter, du darfst gehen. Wir wissen alle, daß es kein Kleines ist, was da oben auf dem Grünberg auf dich wartet, aber weil dein Herz dich dazu treibt, der armen blinden Tante Hannedore in ihrer Einsamkeit beizustehen, wird der liebe Gott auch dein Vorhaben segnen und dir die Durchführung deines Planes gelingen lassen. Gleich morgen will ich deine wenigen Sachen mit dir durchsehen und alles zu deinem Fortgang vorbereiten. Am kommenden Sonntag kann Andreas dich hinaufbringen. Ich selbst werde dich so bald wie möglich besuchen und nach dir schauen.«

Noch während Frau Marlene sprach, rauschte Tante Britta beleidigt zur Tür hinaus. Sie war tief gekränkt.

Am nächsten Sonntag brachte Onkel Bruno seine Nichte auf den Grünberg. Andreas durfte sie begleiten. Der Mutter standen Tränen in den Augen. Zum ersten Mal trennte sie sich von einem ihrer Kinder. Als ihr kleiner Junge damals gestorben war, war das natürlich etwas ganz anderes gewesen. Marienka aber war wohlgemut. Eine große und schöne Aufgabe wartete auf sie. Keinen Augenblick zweifelte sie daran, daß es ihr gelingen würde, sie zu lösen. Als Onkel Bruno sie jedoch zu der Blinden führte, klopfte ihr Herz vor Erregung so stark, daß sie es oben im Halse fühlte. Da lag die Ärmste gelähmt in ihren Kissen. Schneeweiß war ihr Haar, ihr Gesicht war schmal und zart und von durchsichtiger Blässe. Sie streckte Marienka ihre feine, edelgeformte Hand entgegen und sagte: »Du bist also der gute Mensch, der es wagt, in meine Bergeinsamkeit zu kommen und mir beizustehen. Ich danke dir. Sieh, Kind, ich selbst werde kaum etwas dazu beitragen können, daß du dich in unserem Hause wohlfühlst, denn ich kann weder sehen noch gehen, aber ich will dich liebhaben und dir ratend zur Seite stehen. Von Herzen wünsche ich, daß du dich auf dem Grünberg wohlfühlst. Ich habe mich sehr auf dein Kommen gefreut. Onkel Bruno hat es mir telefonisch mitteilen lassen. Frieda hat Kaffee gekocht, und nun sollt ihr hier bei mir noch ein recht gemütliches Kaffeestündchen halten, ehe Onkel Bruno und dein Bruder wieder zurückfahren. Komm, Marienka, setz dich hier auf diesen Stuhl an mein Bett. Heute sollst du noch nicht mit der Arbeit beginnen. Nachher wollen wir dann alles miteinander besprechen.«

Frieda, die Magd, trug den Kaffee aus der Küche herein. Sie grüßte kurz und nicht gerade freundlich. Dem jungen Mädchen warf sie einen prüfenden Blick zu und verzog dann ihren Mund zu einem spöttischen Lächeln. Marienka hatte das wohl gesehen.

»Komm, Frieda«, sagte Tante Hannedore, »setze dich auch zu uns zum Kaffee. Und der Toni soll auch kommen.«

»Der ist nicht da, und ich habe keine Zeit, ich muß gleich in den Stall«, war die mürrische Antwort, und schon hatte sie das Zimmer verlassen.

»Es wird nicht immer ganz leicht für dich sein, Marienka«, sagte Tante Hannedore zu dem Mädchen, »mit den beiden auszukommen. Sie beeinflussen sich gegenseitig zur Unzufriedenheit. Aber böse meinen sie es beide nicht.«

Man trank dann zusammen Kaffee. Es war erstaunlich, wie geschickt und fein die Blinde sich selbst bediente, nachdem Marienka ihr auf einem Tablett den Kaffee und schmackhaften Bauernkuchen gereicht hatte. – Als eine Stunde später Onkel Bruno mit Andreas abfuhr, war das Herz Marienkas aber doch um etliches schwerer, als zu der Zeit ihrer Ankunft.

Am Abend dieses Tages standen die Magd Frieda und der Knecht Toni flüsternd im Stall zusammen. »Das sage ich dir«, empörte sich das Mädchen, »von diesem dummen Ding lasse ich mir nichts sagen. Das wär' noch schöner. Was denkt sich die Frau? Die soll den Haushalt führen und für uns kochen? Wenn die sich einbildet, daß wir tanzen wie sie pfeift, dann hat sie sich geirrt.«

»Nein«, stimmt der Knecht ihr zu, »auch ich laß mir nichts gefallen, und wenn sie mir frech kommt, dann schlag' ich ihr ein paar um die Ohren. Das hat uns grad noch gefehlt!«

Inzwischen bemühte sich Tante Hannedore, der jungen Marienka zu erklären, was für Aufgaben ihrer warteten. »Es ist mir ganz recht, wenn du das Kochen übernimmst und das Reinigen der Zimmer. Im Stall und auf dem Feld werden die beiden schon fertig. In der Heuernte und wenn sonst vermehrte Arbeit ist, kannst du ja mit hinausgehen. Aber die Nachbarn werden uns auch nicht im Stich lassen, außerdem wollen wir uns nicht unnötig sorgen im Blick auf die Zukunft, sondern einfach einen Tag nach dem anderen hinnehmen, treu und gewissenhaft unsere Pflicht erfüllen und dann dem lieben Gott zutrauen, daß er seinen Segen zu unserem Tun gibt. Geh nur guten Muts an deine Arbeit, Marienka, ich glaube sicher, daß du es schaffen wirst. Dein Zimmerchen ist gleich hier neben dem meinen. So kann ich dich rufen, wenn ich dich benötige. Du brauchst dich aber nicht zu fürchten und kannst unbesorgt schlafen. Wenn wir auch ziemlich einsam auf unserem Grünberg sind – du weißt, es stehen hier nur fünf Gehöfte –, so ist hier oben doch noch nie etwas passiert. Es wohnen lauter friedliche Leute hier oben. Und nun gehe nur gleich zu Bett und schlafe in der ersten Nacht besonders gut!« Sie reichte Marienka die Hand. »Behüt dich Gott, mein liebes Kind!«

»Kann ich nicht noch etwas für dich tun, Tante Hannedore?« fragte Marienka. »Vielleicht dein Bett frisch machen, dir etwas zu essen richten oder sonst etwas? Soll ich dir etwas zu trinken auf deinen Nachttisch stellen?«

»Ich danke dir. Dort drüben auf dem Schränkchen steht ein Fläschchen. Das sind meine Herztropfen. Wenn du sie mir noch abzählen und mit etwas Wasser geben willst. Sonst brauche ich nichts mehr.«

Etwas später stand Marienka am offenen Fenster ihres Stübchens. Es war Anfang Oktober, die Tage noch voller Sonne. Hier im Filstal gab es viel Obst. Die späten Äpfel hingen noch an den Bäumen, deren Zweige von der Fülle ihres süßen Reichtums schier brachen. Ein herber Duft herbstlichen Segens drang zu Marienka herein. Wie still und friedlich war es hier oben! Sollte dieses schöne Fleckchen Erde ihr nun wirklich Heimat werden? Wie schade, daß die Mutter und die Geschwister nicht auch hier oben sein konnten. Aber sie wollte sich alle Mühe geben und der Mutter Freude bereiten. Hoffentlich kam sie auch mit der Magd zurecht! Den Knecht hatte sie noch gar nicht gesehen. Noch eine ganze Weile lag Marienka wach. Noch nie hatte sie Verantwortung getragen, so wie es hier von ihr erwartet wurde. Sie spürte plötzlich, daß nun die Kindheit vorbei war und daß sie gut daran tat, das Leben in derselben ernsthaften Weise zu betrachten, wie ihr um zwei Jahre älterer Bruder Andreas es schon lange tat. Ein warmes Gefühl inniger Dankbarkeit der Mutter gegenüber durchzog ihr Herz. Das gute Muttchen hatte ihr zugetraut, daß sie diesen Platz hier bei Tante Hannedore ausfüllen könne. Sie sollte sich nicht in ihr getäuscht haben. »Hilf mir, lieber Gott«, betete sie, »daß ich niemand enttäusche und daß man sich auf mich verlassen kann.« Mit diesen Gedanken schlief Marienka ein.

Onkel Bruno kam eines Tages freudig erregt von der Fabrik nach Hause. Beim Mittagstisch nickte er seinem

Neffen wohlwollend zu. »Andreas, ich habe heute mit deinem Handelsschullehrer gesprochen. Ihr habt ja jetzt den ersten kaufmännischen Kursus beendet. Bis zum zweiten bekommt ihr einige Wochen Ferien. Wie mir Herr Peschke sagte, hast du die besten Arbeiten geliefert. Er hat sich sehr lobend über dich ausgesprochen. Ich habe mich nun entschlossen, dich zur Belohnung mitzunehmen, wenn ich in den nächsten Tagen eine Geschäftsreise nach Frankfurt und Hamburg unternehme. Hast du Lust dazu?«

Andreas sprang von seinem Stuhl hoch. »Onkel Bruno, ist das dein Ernst? Du willst mich mitnehmen?«

»Ja, sicher, es soll für dich ein Ansporn sein, mir auch weiterhin durch fleißiges Lernen Freude zu machen und mir dadurch zu helfen, meine Pläne zu verwirklichen.«

Andreas konnte vor lauter Überraschung und Freude fast nicht weiteressen. »Muttchen, was sagst du dazu? Bist du nicht böse, wenn ich dich für kurze Zeit verlasse?«

Frau Marlene streichelte ihrem Jungen das Haar aus der Stirne. »Ich freue mich für dich, Andreas«, sagte sie. »Du hast in all den schweren Zeiten nie an dich selbst gedacht und darfst nun gerne das freundliche Anerbieten des Onkels annehmen.«

»Und wer denkt an mich?« meldete sich da Kathrinchen. »Ich möchte auch mit, Onkel Bruno.«

»Das fehlt gerade noch!« empörte sich da Tante Britta. »Du scheinst überflüssiges Geld zu haben, Bruno.« Aber der Onkel ging gar nicht auf die spitze Randbemerkung ein, sondern wandte sich freundlich an die Kleine. »Nein, Kathrin, ich kann dich leider nicht mitnehmen, denk doch, dann hätte dein Muttchen ja keines mehr von ihren Kindern. Du mußt schon bei ihr bleiben, und ich glaube, Elvira wäre auch sehr traurig über dein Fortgehen. Aber ich bringe euch beiden etwas Schönes mit.«

Wenige Tage später reiste Andreas mit seinem Onkel ab. Daß dieser ihm vorher noch einen neuen Anzug gekauft hatte, war ihm zuerst nicht recht gewesen. Schließlich aber sah er ein, daß er als Neffe des wohlhabenden Lederfabrikanten auch entsprechend gekleidet sein mußte. Er nahm sich vor, dem Onkel, so bald er verdiente, alles zurückzuzahlen, was er für ihn ausgab. Auf das Erlebnis der Reise aber freute er sich unbeschreiblich. Wohl war er mit der Mutter und den Schwestern, von Markeden kommend, lange unterwegs gewesen, zu Fuß und per Bahn, oft im Viehwagen und dann wieder auf Lastautos. Das war alles andere als eine Vergnügungsreise gewesen. Diese Fahrt aber bedeutete für ihn ein einziges Vergnügen. Wieviel würde es da zu sehen geben! Allerdings wohl auch manches, was an die Schrecken des Krieges erinnerte. Zwar wurde in den Städten schon wieder mächtig gebaut, man konnte sehen, was zäher Fleiß und starker Wille bereits wieder aus den Trümmern erstehen ließ. Aber vieles, was zerstört war, konnte in Jahrzehnten nicht wiederaufgebaut werden. In Frankfurt besuchte der Onkel mit ihm das Haus eines Geschäftsfreundes. Dieser hatte zwei Söhne. Der eine war genauso alt wie Andreas, der andere ein Jahr jünger. Andreas wunderte sich, wie rasch er sich mit den beiden befreundet hatte. Die beiden Jungens erschlossen ihm eine Welt, die er bisher kaum vom Hörensagen kannte. Sie besuchten mit ihm das Theater und gute Filme. Sie zeigten ihm ihre Bücher und Spiele. Stundenlang konnte Andreas mit ihnen vor der unwahrscheinlich großen elektrischen Eisenbahnanlage, die ein ganzes Zimmer ausfüllte, kauern und mit ihnen spielen, obgleich er schon lange aufgehört hatte, sich auf solche Art zu unterhalten. Längst war er ja aus den Kinderschuhen herausgewachsen. Aber solche Unterhaltung kannte er bisher nicht. Es waren herrliche Tage in Frankfurt. Nur zu rasch gingen sie dem jungen Andreas dahin.

»Bleib doch bei uns«, baten die Freunde. »Du kannst doch ebensogut hier die Handelsschule besuchen. Und im Winter fährst du mit uns ins Gebirge. Wir haben nämlich im kleinen Walsertal ein Haus. Dort bringen wir dir das Skilaufen bei. – Ach bitte, Herr Pächter, erlauben Sie es doch!«

Onkel Bruno sah seinen Neffen an. Er überlegte. Für Andreas, der wohl klug und beweglich, auf vielen Gebieten jedoch völlig unbewandert und ohne Erfahrung war, würde eine Zeit im Hause seines Geschäftsfreundes nur nutzbringend sein. Er würde von den beiden munteren Burschen manches lernen. Außerdem würde ihm nach all dem schweren Erleben eine Zeit jugendlicher Unbeschwertheit zu gönnen sein. Und dann war da auch noch ein anderer Grund. Tagtäglich stöhnte Tante Britta über die Belastung ihres Haushalts durch die Verwandten. Wenn Andreas über den Winter in Frankfurt blieb, waren nur noch Marlene und die kleine Kathrin im Haus. Das würde seiner Frau nur recht sein. Außerdem war es durchaus möglich, daß Andreas während seines Aufenthaltes bei den Bekannten in Frankfurt zur Handelsschule ging. Im Frühjahr sollte Andreas dann wieder nach Stuttgart kommen, wo Onkel Bruno ihn dann in die kaufmännische Lehre in seiner Fabrik aufnehmen würde. Dieser Plan schien ihm günstig.

»Was wird aber Muttchen sagen,« sorgte sich der Junge, »wenn ich nicht zurückkomme? Sollte ich sie nicht erst um ihre Meinung fragen?«

»Es spricht nur für dich, Andreas«, erwiderte der Onkel, »daß du nichts ohne die Einwilligung deiner Mutter tun willst; doch das laß nur meine Sorge sein. Ich werde mit ihr reden; im übrigen ist sie gewiß mit allem einverstanden, was dem Wohl ihres Sohnes dient.«

So war also beschlossen, daß Andreas bei seinen neugewonnenen Freunden in Frankfurt bleiben sollte. Die Freude war auf beiden Seiten groß. Günther und Karl-Heinz, die Brüder, und Andreas hatten sich in den wenigen Tagen bereits so aneinandergeschlossen, als wären sie schon seit Jahren beisammen. Sie schmiedeten echt jungenhafte Pläne und sahen voller Erwartung der kommenden Zeit entgegen im Gedenken an all das, was sie unternehmen wollten.

Es war wenige Wochen später. Eine Frau stieg langsam und mühevoll die etwas steile Straße zum Grünberg hinauf. Von Zeit zu Zeit blieb sie stehen, um sich ein wenig auszuruhen. Das Steigen strengte sie sichtlich an. Immer wieder aber ließ sie ihre Blicke voller Bewunderung über die schöne Landschaft gleiten, die sie umgab. Zum ersten Mal in ihrem Leben befand sie sich in bergiger Gegend. Markeden lag auf dem flachen Lande. Die Weite hatte auch ihre Schönheit, vor allem aber das Meer, an dessen Strand ihr heimatliches Dörflein lag. Hier war nun alles ganz anders. Aber sie gab zu, daß das Filstal seine besondere Schönheit habe. Die malerisch geschwungenen Linien im Hintergrund, Laub- und Tannenwälder, wundervoll umrahmt von Wiesen und Feldern, die sich über die Höhenzüge breiteten, gaben dem Landschaftsbild ein warmes, liebliches Gepräge. – Wie schön mußte es hier im Frühjahr sein, wo alle Wiesen voller Schlüsselblumen stehen sollten. Das kannte sie in ihrer Heimat nicht. Und welche Pracht mußte sich in der Zeit der Obstblüte hier entfalten, wenn all die vielen, vielen Obstbäume im schönsten Frühlingsschmuck standen. Sie bemühte sich, all die Schönheiten dieser Gegend aufzunehmen, um das Heimweh niederzukämpfen, das immer wieder so qualvoll über sie hereinfiel. Nein, sie wollte nicht undankbar sein. Sie wollte täglich froh das Gute genießen, das sich ihr und ihren Kindern hier bot. Bruno, ihr Schwager, tat wirklich alles, um ihnen über all das Schwere, was in ihrem Dasein lag, hinwegzuhelfen. Aber trotzdem stieg immer wieder in ihrem Innern die Frage auf: Warum haben wir alles, was uns lieb und teuer war, hergeben und für immer verlieren müssen? Wenn wenigstens Nachricht vom Vater da wäre! Aber keine Zeile von seiner oder anderer Hand gab Nachricht, ob er noch am Leben war.

Seufzend ging Frau Marlene weiter. Ein helles Kinderjauchzen riß sie aus ihrem Grübeln. Kathrin, die die Mutter auf dieser Reise hatte begleiten dürfen, war vorausgeeilt, stand oben an einer Wegbiegung und winkte der Mutter zu: »O Muttchen, wie schön ist es hier! Sieh nur die vielen Berge, und dort das weite Tal! Meinst du, daß es noch weit ist bis zum Grünberg? Was wird nur Marienka sagen, wenn wir kommen! Weiß sie wirklich nichts davon? Gelt, Muttchen, das ist eine richtige Überraschung! Lauf doch ein bißchen schneller, Muttchen, und bleib nicht immer stehen!«

»Ich komm' schon, ich komm' schon!« erwiderte die Mutter. Wie gut, daß die Kleine noch so unbeschwert war. Wie mochte es inzwischen Andreas ergangen sein? Er schrieb so begeisterte Briefe aus Frankfurt und war doch ständig in Sorge um sie, ob es ihr auch gut ginge und sie versorgt sei. Der gute Junge! Ja, es war schon richtig vom Onkel, daß er dem Jungen diese Möglichkeit geschenkt hatte. So mußte der arme Kerl nicht das ewige Nörgeln der unzufriedenen Tante Britta anhören. Ihr war es wenigstens möglich, dazu zu schweigen.

Aber um Marienka sorgte sich die Mutter. Sie war seit

ihrem Aufenthalt bei Tante Hannedore zweimal in Stuttgart gewesen, hatte ganz nett von ihrem Tun auf dem Grünberg berichtet, war aber auffallend still und beinahe bedrückt gewesen. Regelmäßig hatte Frau Marlene ihrer Tochter geschrieben und sie ermutigt und ermahnt, so wie alle guten Mütter es tun; Marienka hatte auch immer kurz geantwortet, jedoch war es der Mutter jedesmal, als versuche sie etwas vor ihr zu verbergen. Da nun schon längere Zeit überhaupt keine Nachricht mehr von ihr gekommen war, wuchsen Unruhe und Sorge der Mutter fast ins Unerträgliche. Sie hielt es nicht mehr aus, und so hatte sie sich heute morgen kurz entschlossen, Marienka mit ihrem Besuch zu überraschen. Kathrinchen war selig, daß sie mitfahren durfte. Schon die Bahnfahrt war ihr ein Vergnügen. Den Namen jeder Station mußte die Mutter ihr sagen. Als nach Göppingen auf den Bahnhofsschildern Süßen und Kuchen zu lesen war, wollte sie sich darüber ausschütten vor Lachen. »Nein, Mutti, in meinem ganzen Leben habe ich noch nie etwas so Ulkiges gesehen. Seit wann heißt ein Dorf denn Kuchen oder Süßen?« Die Mitreisenden hatten viel Spaß an dem kleinen, lebhaften Ding. Eine freundliche Frau beschenkte sie mit einigen großen, rotbackigen Äpfeln. Und nun war man auf dem Weg zum Grünberg. Beinahe eine und eine halbe Stunde mußte man von der Bahnstation aufwärts steigen. Endlich gewahrte Frau Pächter hinter alten, knorrigen Bäumen verborgen die paar Gehöfte. Eine Birkenallee führte zu den Häusern.

»Jetzt sind wir da!« jauchzte Kathrin. »O Muttchen, was wird Marienka für Augen machen!«

Dann stand sie mit ihrer Mutter vor dem freundlichen, kleinen Bauernhaus. Es sah wirklich einladend aus mit seinen blinkenden Fenstern und den grünen Läden. Im Sommer blühten gewiß in den Kästen Geranien. Man sah dem ganzen Anwesen an, daß es sorgsam und liebevoll gepflegt wurde.

Frau Marlene hatte schon zweimal vergeblich an die Tür geklopft. Niemand meldete sich, obgleich der Hofhund erregt bellte und wie närrisch an seiner Kette zerrte.

»Geh doch einfach 'rein«, drängte Kathrin, der dies alles viel zu lange dauerte. Die Mutter zögerte noch. Sie war viel zu bescheiden, als daß sie sich irgendwo mit Gewalt Einlaß verschafft hätte. Aber vielleicht war außer der Blinden niemand im Hause, und auf deren Erscheinen konnte man ja nicht warten. So öffnete sie kurz entschlossen die Tür, die zu einem sauber gefegten Hausgang führte. Aus einem der Zimmer drangen merkwürdige Laute hervor. Frau Marlene stutzte. Das war ja gerade, als ob jemand weinte. Nur ungern lauschte sie. Dann aber spürte sie, wie ihr das Blut vor Erregung ins Gesicht strömte, und Kathrinchen war es, die aussprach, was sie dachte.

»Muttchen, das ist doch Marienka. Sie weint!« Ganz erschrocken sah die Kleine aus. Das war nun ein ganz anderer Empfang, als sie es sich ausgemalt hatte.

Jetzt zögerte Frau Marlene nicht länger. Sie öffnete die Tür. Tatsächlich, da stand ihre große Tochter am Fenster, hatte die Schürze vor die Augen gedrückt und weinte herzzerbrechend.

»Marienka!« rief die Mutter erschrocken. Da blickte diese auf, war mit einem Satz bei der Mutter und warf sich dieser aufschluchzend in die Arme.

»Aber mein Kind. Was ist denn nur geschehen?« Frau Pächter zog die Weinende zur Bank am Fenster, streichelte ihr das tränennasse Gesicht und wartete geduldig, bis das fassungslose Schluchzen verstummte und Marienka imstande war, der Mutter zu antworten.

»Ach, Muttchen, wie gut, daß du da bist! Heute war es so schlimm, daß ich meinte, es nicht mehr aushalten zu können. Schon ein paarmal habe ich fortlaufen wollen, aber immer wieder habe ich mich zusammengerissen. Heute aber meinte ich, es ginge nicht mehr.«

»Was war so schlimm? Und was geht nicht mehr? Komm, Kind, sage mir alles!« Wie gütig und beruhigend Mutters Stimme klang.

»Ich kann mir doch nicht vorstellen, daß Tante Hannedore nicht gut zu dir ist?« forschte die Mutter.

»Nein, nein, Muttchen, das ist es nicht. Tante Hannedore ist viel zu gut – ein Engel ist sie. Und um ihretwillen habe ich immer wieder ausgehalten, so schwer es mir auch fiel, aber die beiden – die Frieda und der Toni – – diese – diese abscheulichen Menschen –«, wieder begann Marienka zu schluchzen, »o Mutter, du ahnst nicht, wie gehässig und gemein sie zu mir sind.«

»Komm, erzähle mir alles in Ruhe!«

Und Marienka berichtete: »Es fing schon gleich am ersten Tag an, als ich hier war. Immer maulten sie hinter mir her: ›So'n junges Ding, von der lassen wir uns nichts gefallen, die soll wagen, uns herumzukommandieren‹, und so weiter. Dabei habe ich nie im Leben daran gedacht, ihnen Vorschriften zu machen. Aber ich habe ganz den Eindruck, daß ich ihnen im Wege bin. Sie wollen mich herausekeln. Du machst dir keinen Begriff, auf welch niederträchtige Einfälle sie kommen. Gestern stellte ich mir einen Eimer Milch in die Küche. Ich hatte beim Melken geholfen. Da kommt der Toni herein und stolpert absichtlich darüber – ich habe es genau gesehen –, so daß die ganze Milch durch die Küche floß. Vor ein paar Tagen behauptete Frieda, solch einen Fraß, wie ich ihn koche, hätten sie noch nie vorgesetzt bekommen, so lange sie im Hause seien. Auch heute sei das Essen wieder versalzen. Und tatsächlich war das Gemüse so versalzen, daß wir es nicht einmal den Schweinen geben konnten. Zum guten Glück hatte ich Tante Hannedore vorher von demselben Essen gebracht, und das war nicht versalzen, obgleich ich es aus dem gleichen Topf genommen hatte. Demnach hatten die beiden mir absichtlich Salz in die Schüssel geworfen, nur um mich zu ärgern. So ist fast täglich etwas. Seit letzter Woche legen die Hühner weit weniger Eier als bisher. Nun ist's ja in der kalten Jahreszeit so üblich, aber die Veränderung kam zu plötzlich. Als ich mit Frieda darüber sprechen wollte, gab sie mir eine so unverschämte Antwort, daß es mir verging, weiter mit ihr zu verhandeln. Sie sagte zu mir: ›Wer soll es denn wissen, wo die Eier hinkommen, wenn nicht du? Niemand von uns ist den ganzen Tag im Hause außer dir.‹ Dabei sah sie mich so frech an, als ob ich die Eier gestohlen hätte. Nicht viel später ertappte ich sie dabei, als sie sich aus dem Hühnerstall schlich und in ihrer Schürze etwas verbarg. Ich konnte nicht sehen, was es war, wagte auch nicht, sie daraufhin anzusprechen. Ach, Mutter, du glaubst nicht, wie furchtbar dies alles ist. Jeden Tag erlebe ich etwas anderes, was mich aufregt. Die beiden tun, was sie wollen, und ich habe ganz den Eindruck, daß sie Tante Hannedore hintergehen und ständig betrügen.«

»Hast du mit ihr schon über deine Beobachtungen gesprochen?«

»Nein, weißt du, Muttchen, sie tut mir so leid. Ich glaube, sie hat großes Heimweh nach ihrem Mann. Schon einige Male hat sie zu mir gesagt, sie könne es nicht recht verstehen, daß der liebe Gott ihn und nicht sie habe sterben lassen. Sie sei doch bei ihrer Blindheit für den Hof zu nichts mehr nütze, und wenn schon ihr Jakob habe sterben müssen, dann wäre sie am liebsten mit ihm gegangen. Andererseits ist sie so rührend geduldig und anspruchslos, dazu sehr fromm. ›Aber Gott macht ja keine Fehler‹, sagt sie, ›und irgendeinen Sinn wird es schon haben, daß ich noch auf der Erde bin.‹ Dann fragt sie mich immer wieder, ob ich auch gern auf dem Grünberg sei. Sie sorgt sich um mich wie eine Mutter. Und sieh, da habe ich es einfach nicht übers Herz gebracht, sie zu beunruhigen, und habe immer geschwiegen, so schwer es mir auch oft gefallen ist. Aber nun, Mutter, kann ich es wirklich nicht länger aushalten.«

»Komm, komm, Marienka«, versuchte die Mutter das Mädchen zu beruhigen: »Fange jetzt nicht wieder an zu weinen. Selbstverständlich muß da eine Änderung getroffen werden. Führe mich jetzt zu Tante Hannedore. Ich will mit ihr sprechen. Du hättest das längst tun müssen.«

Als Marienka aus dem Zimmer der Tante zurückkam, stieß Kathrin, die bis dahin ganz eingeschüchtert auf einem Stuhl in der Küche gesessen hatte, einen hörbaren Seufzer aus und sagte: »So, jetzt ist genug geweint, jetzt kommt etwas anderes. Ich hab' Hunger, Marienka! Gib mir was zu essen.«

Marienka, die früher nie allzu zärtlich zu ihrer kleinen Schwester gewesen war, gab dieser einen Kuß und drückte sie fest an sich.

»Natürlich kriegst du etwas zu essen, Kathrinchen. Warte, ich streiche dir schnell ein gutes Butterbrot. Sieh nur, dieses feine Bauernbrot habe ich selbst gebacken. Und dann mache ich Kaffee und wir nehmen bei Tante Hannedore im Zimmer miteinander gemütlich unser Vesper ein.«

»O ja«, sagte Kathrin, »das ist besser.«

Marienka war überglücklich, daß die Mutter da war. Gerade zur rechten Zeit war sie gekommen. Sie wußte zwar noch nicht, wie nun alles weiter werden würde.

Aber der Gedanke, daß die Mutter sich um sie kümmerte und von all dem Schweren, das sie in der letzten Zeit durchlebt hatte, wußte, war ihr eine große Beruhigung. Nie vorher war es ihr so dankbar zum Bewußtsein gekommen, daß sie noch eine Mutter hatte.

Nachdem sie das Kaffeewasser aufgesetzt hatte, ging sie und zeigte dem Schwesterchen den Stall. »Oh, Kühe, ganz wie zu Hause«, jauchzte das Kind, »und ein Kälbchen, und zwei Schweine und Ziegen – oh, oh, Marienka, hier ist es schön. Komm, zeig mir, wo die Hühner und die Hasen sind. Eigentlich hätte ich meine beiden Häschen auch mitbringen sollen. Die hätten sich gefreut! Habt ihr auch Gänse und Enten? – O Marienka, du wirst doch nicht hier fortgehen, wo es so schön ist. Am liebsten bliebe ich auch hier auf dem Grünberg. Frag doch mal Tante Hannedore, ob ich nicht hierbleiben kann.« So plauderte die Kleine unaufhörlich und vermochte mit ihrem Gezwitscher beinahe die Sorgen der älteren Schwester zu verscheuchen.

Nachher saß man am gedeckten Tisch im gemütlichen Zimmer der Tante Hannedore.

»Kannst du wirklich gar nichts sehen?« fragte Kathrin die Tante und kniff gleichzeitig die Äuglein zu, um herauszufinden, wie dies sei. »Schrecklich ist das!« stellte sie fest. »Kann der Onkel Doktor dir nicht helfen? Du Arme! Du tust mir so leid!« Sie kletterte zu Tante Hannedore aufs Bett und drückte sie ganz fest.

»Du kleiner Sonnenschein!« sagte diese. »So ein kleines Mädelchen habe ich mir immer gewünscht.« Nun wurde Kathrin von der Mutter auf den Hof geschickt. »Geh ein wenig hinaus«, sagte sie, »es ist gerade so schönes Wetter, du kannst noch ein wenig spielen.« Und Tante Hannedore fügte hinzu: »Im Nebenhaus ist auch ein Mädchen in deinem Alter. Vielleicht siehst du sie.«

Als die Kleine hinausgesprungen war, wandte sich die Blinde an Marienka: »Komm einmal näher zu mir, mein Mädchen. So, jetzt gib mir deine Hand. Du törichtes Kind, warum hast du mir nichts von all dem Schweren gesagt, was du durchgemacht hast? Wenn meine armen Augen dich auch nicht sehen können und dir den Kummer vom Angesicht ablesen konnten, so hat mein Herz mir doch manchmal gesagt, daß da irgend etwas nicht in Ordnung ist. Du hättest es mir aber sagen müssen. Und nun höre, mein Kind, was deine Mutter und ich uns ausgedacht haben: Du bist noch zu jung für die Aufgabe, die du dir hier gestellt hast.«

Über Marienkas Gesicht zog ein Schatten. »Ich will es doch lieber noch einmal versuchen. Seitdem Muttchen gekommen ist, sehe ich alles nicht mehr so schwer an. Und wie würde Tante Britta mich auslachen, wenn ich zurückkäme! Nein, wenn es hier wirklich nicht mehr ginge, würde ich eine andere Stellung annehmen. Aber was würde dann aus dir, Tante Hannedore? Ich kann dich doch unmöglich allein lassen?«

»Gutes Kind«, erwiderte diese. »Jetzt höre, was ich dir sage: Ich mache dir einen anderen Vorschlag. Was sagst du dazu, wenn deine Mutter ganz zu uns auf den Grünberg zieht?«

Starr vor Überraschung blickte Marienka von einem zum anderen. Dann sprang sie auf und fiel der Mutter um den Hals: »Muttchen, du kommst zu uns? Das wäre das Allerschönste!«

Über das Gesicht der Blinden rannen Tränen. »Jetzt glaube ich doch, daß mein Dasein noch einen Sinn hat«, sagte sie. »Ihr sollt auf dem Grünberg eine Heimat finden, und mir ist ebenfalls geholfen. Ich werde Menschen um mich haben, denen ich vertrauen kann und die mich in meiner Hilflosigkeit betreuen und umsorgen. Ach, wie gut ist es, daß Sie zu uns heraufgestiegen sind. Zum Glück noch zur rechten Zeit, denn sonst wäre Marienka vor lauter Verzweiflung auf und davon gegangen.«

Und nun schmiedeten sie Pläne und besprachen, wann Frau Marlene auf den Grünberg ziehen sollte und wie alles Übrige geregelt werden könnte.

»Kathrin werde ich wohl vorläufig in Stuttgart lassen müssen«, sagte diese. »Tante Britta wird wünschen, daß sie Elvira Gesellschaft leistet, und das möchten wir dem kranken Kind zuliebe schon wünschen.«

»O Mutter«, wendete Marienka ein. »Denk doch, die Kleine bei der ewig schimpfenden Tante! Ich hätte sie zu gerne hier oben.« Aber die Mutter hielt es für richtiger, vorerst dem Wunsch der Tante nachzugeben. »Wenigstens so lange, bis das Kind in die Schule kommt!« Sie schwieg einen Augenblick. »Es kommt nun alles ganz anders, als ich es mir vorgestellt habe. Ich habe dir noch gar nicht erzählt, Marienka, daß Andreas über den Winter in Frankfurt bleibt. Er soll dort einige weitere kaufmännische Kurse besuchen und sonst mit den beiden Söhnen von Onkel Brunos Geschäftsfreund erzogen werden. Er hat in den Briefen, die er seit seinem Dortsein schrieb, ganz begeistert berichtet von allerlei schönen Erlebnissen. Er besucht mit den beiden Jungen Konzerte, darf mit ins Theater, ist in einem Sportverein Mitglied, nimmt auch Musikunterricht und scheint sich dort sehr wohl zu fühlen.«

Über das Gesicht Marienkas zog ein Schatten. War es Neid? Es fiel ihr schwer, daran zu denken, daß der Bruder das Großstadtleben in dieser Weise genießen durfte, während sie hier in der Einsamkeit des Grünbergs Bauern- und Hausarbeit verrichten mußte. Die Mutter schien ihre Gedanken zu lesen. »Gönne es ihm«, sagte sie. »Denke daran, daß er viel zu früh seine Kinderschuhe ausziehen und trotz seiner Jugend wie ein Vater für uns sorgen mußte.«

Marienka nickte wohl, aber sie empfand ganz deutlich, daß es ihr nicht leicht fiel, neidlos an den Bruder zu denken.

Bevor Frau Marlene den Grünberg verließ, bat die Blinde: »Laß uns du zueinander sagen. Mir ist's, als hätten wir uns gegenseitig nötig, und wir wollen wie Schwestern Freud und Leid miteinander tragen.«

Es war etwa um dieselbe Zeit, daß man in Frankfurt um den Familientisch im Hause des Fabrikanten Schnittmeier, des Freundes von Onkel Bruno, saß. Andreas gehörte ganz zur Familie; er durfte Herrn Schnittmeier »Onkel Wilhelm« und seine Frau »Tante Anny« nennen. Man hatte über die Berufspläne der Söhne und auch über Andreas' Zukunft gesprochen. »Du weißt ja, was dein Onkel plant«, sagte soeben Herr Schnittmeier zu ihm. »Da er keinen Sohn hat und Elvira gelähmt ist, kann kaum damit gerechnet werden, daß sie einmal die Fabrik übernimmt; so wünscht er, daß du einmal sein Nachfolger wirst, das heißt, natürlich nur dann, wenn du seinen Wünschen entgegenkommst und seinen Ansprüchen genügst. Daher ist es wichtig, daß du mit äußerstem Fleiß und großer Energie lernst und an dir arbeitest, denn als Leiter einer Fabrik mußt du schon allerlei leisten können.«

Andreas errötete. Wohl hatte er dann und wann eine Andeutung gehört, aber so klar und unzweideutig war noch nie über seine Zukunft gesprochen worden. Demnach hatte also Onkel Bruno vor, ihm einmal seine Fabrik zu übergeben. Es sollten ihm also volle Sohnesrechte eingeräumt werden! Es schwindelte ihn beinahe, wenn er daran dachte. Er, der Sohn des armen Kleinbauern aus

Markeden, Besitzer der großen Lederfabrik Pächter in Stuttgart. Er nahm sich vor, sein Äußerstes zu tun, um den Onkel nicht zu enttäuschen. Es war ihm klar, daß ein solches Vertrauen umgesetzt werden mußte. Nein, der Onkel sollte keine Enttäuschung an ihm erleben, sondern sich unbedingt auf ihn verlassen können!

»Wißt ihr, worauf es ankommt, wenn man es im Leben zu etwas bringen will?« wandte sich Onkel Wilhelm jetzt wieder an die drei Jungen. »Auf die Treue im Kleinen, auf gewissenhaftes, unbedingt zuverlässiges Handeln in allen, auch in den verborgenen Dingen. Ich will euch eine Geschichte aus meiner Jugend erzählen, die euch beweisen soll, wie recht ich habe.«

»O ja, Vater«, baten die Söhne. »Die Geschichte von dem Schräubchen.«

Herr Schnittmeier nickte und begann:

»Mein Vater hatte viel Mühe mit mir, weil ich recht oberflächlich war. Keine Arbeit verrichtete ich gründlich. ›Es wird nie etwas aus dir, wenn du dich nicht bemühst, gewissenhaft zu werden‹, sagte er oft zu mir. ›Du mußt es mit den kleinsten Dingen pünktlich und genau nehmen.‹ Wie oft ärgerte er sich zum Beispiel darüber, daß ich schon als kleiner Junge nicht zur rechten Zeit zu Tisch kam. Ich murrte: ›Es sind doch kaum fünf Minuten, das ist doch nicht schlimm.‹ Er aber sagte: ›Rechne dir einmal aus, wieviel Zeit das in einem Jahr ausmacht, wenn du täglich nur fünf Minuten zu spät kommst. Das sind eintausendachthundertundfünfundzwanzig Minuten. Rechne dir aus, wieviel Minuten herauskommen, wenn du zu drei Mahlzeiten täglich fünf Minuten zu spät kommst. Auf die kleinen Werte mußt du achten, wenn du ein tüchtiger Geschäftsmann werden willst.‹

Ich ärgerte mich über meinen Vater und fand ihn kleinlich. Irgendwo hatte ich einmal das Wort ›Kümmelspalter‹ gehört. Ja, ein Kümmelspalter, ein Kleinigkeitskrämer war er, und ich wollte lieber gar kein Geschäftsmann werden, wenn ich mich in solchem lächerlichen Kleinkram verlieren sollte. – So nutzte des Vaters Reden und Mahnen sehr wenig, ich blieb oberflächlich und nahm es mit vielem nicht genau. Zum Kummer meiner Mutter hielt ich meine Sachen nicht in Ordnung. In meinen Schubladen sah es gewöhnlich aus, als hätten die Räuber dort gehaust. Ich hatte die Angewohnheit, aus meinen Schuhen zu schlüpfen, ohne sie ganz aufzuschnüren, was ihrer Form nicht gerade dienlich war. In jeder Woche verlor ich wenigstens ein oder zwei Taschentücher. Wenn mir meine Mutter dazu Vorhaltungen machte, sagte ich: ›Ach was, das sind alles nur Kleinigkeiten‹, und ich ließ mich nicht belehren. Bis die Sache mit dem Schräubchen kam, bei der durch meine Schuld ein Mensch beinahe sein Leben lassen mußte.«

»Erzähle«, drängte der jüngste der beiden Söhne. »Das wird gewiß sehr spannend.«

Herr Schnittmeier fuhr fort: »Mein Vater verlangte, daß ich in seiner Fabrik, die ich einmal übernehmen sollte, jede Arbeit verrichten, also von unten beginnen, alles kennenlernen und mich dann heraufarbeiten sollte. Es war keine leichte Lehrzeit, zumal mein Vater mich ziemlich streng anfaßte und mich, wenn ich etwas verkehrt machte, in Gegenwart seiner Arbeiter ordentlich zurechtstutzte. Eines Tages bekam ich den Auftrag, eine Maschine zu säubern. Die schmutzige Arbeit behagte mir nicht, aber ich war Lehrling und hatte mich zu fügen. Ich tat es unwillig und daher nicht gewissenhaft. Als mich der Arbeiter, der diese Maschine zu bedienen hatte, fragte, ob ich die Schrauben auch wieder alle fest angezogen hätte, antwortete ich: ›Ja!‹ Ich hatte auch wirklich alle nachgeprüft – bis auf eine, die ganz oben an der Maschine war. Sie festzumachen, war mir zu mühsam gewesen. Aber schließlich kam es wohl auf diese Kleinigkeit nicht an, so meinte ich. Es war ja nur ein kleines Schräubchen. Und dann passierte das Unglück. Gerade diese eine Schraube war von größter Wichtigkeit. Dadurch, daß sie nicht festsaß, lockerte sich ein Hebel, der Arbeiter entdeckte es, wollte ein Unglück verhüten und geriet dabei mit der linken Hand in die Maschine. Mit einem Schmerzensschrei brach er zusammen. Mitarbeiter brachten die Maschine zum Stehen und halfen dann dem Verunglückten. Seine Hand war vollkommen zerquetscht und blutüberströmt. Mir stockte der Herzschlag bei diesem Anblick.

›Geh an die Luft!‹ befahl mir der Vater, den man natürlich sofort herbeigerufen hatte. ›Du wirst ja kreidebleich.‹ Ich schwankte hinaus, aber nicht etwa, weil mir von dem Anblick der zerquetschten Hand übel wurde, sondern weil ich mir sagen mußte: Du, du allein bist schuld an dem Unglück. Deine Gewissenlosigkeit macht den Mann jetzt zum Krüppel. Du nanntest das Versehen eine Kleinigkeit, und was ist daraus geworden? Jetzt wußte ich plötzlich, was das Wort bedeutet: Kleine Ursachen, große Wirkungen, und das andere: Wer nicht im Geringsten treu ist, der ist es auch nicht im Großen.

Der Verletzte wurde an mir vorbeigetragen. Der rasende Schmerz und der Blutverlust hatten ihn ohnmächtig gemacht.

›Wie konnte nur so etwas passieren?‹ fragte mein Vater und sah sehr besorgt aus. ›Hoffentlich gibt es keine Komplikationen! Er ist nämlich schwer herzleidend. Der starke Blutverlust könnte eine Herzlähmung zur Folge haben. Ich begreife nicht, wie ihm, der sonst so geschickt ist, etwas Derartiges zustoßen konnte!‹

Mir wurde abwechselnd kalt und heiß. Was würde geschehen, wenn der Vater die wirkliche Ursache erfuhr? Und er würde sie erfahren, denn der Arbeiter würde ihm selbstverständlich berichten, daß meine Nachlässigkeit an seinem Unfall schuld war. Wenn der Mann gar an einer Herzlähmung sterben würde! Oh, was sollte ich tun? Wie Schuppen fiel es mir von den Augen. Wie recht hatte der Vater gehabt, daß er mich immer wieder ermahnte, genau und gewissenhaft zu sein, auch in den kleinsten Dingen. Er hatte es kommen sehen, daß meine Unzuverlässigkeit mir einmal zum Verhängnis werden würde! Nie mehr wollte ich ihn Kümmelspalter und Kleinigkeitskrämer nennen. Aber meine guten Vorsätze machten das Unglück nicht ungeschehen. Gewiß hatte man dem Arbeiter bereits die Hand abgenommen, oder war er am Ende schon tot? Und ich, ich allein war schuld daran. In meiner Verzweiflung wäre ich beinahe auf und davon gegangen. Doch irgend etwas hinderte mich daran, diesen törichten Plan auszuführen. Bisher wußte ich nicht, was eine schlaflose Nacht war. Jetzt lernte ich es kennen. Als der Vater am nächsten Tag aus dem Krankenhaus kam, wo er den Verunglückten besucht hatte, berichtete er, daß die Ärzte wahrscheinlich die Hand abnehmen müßten. Ich geriet beinahe in Verzweiflung. Oh, dieses unglückselige Schräubchen! – Nein, meine unglückselige Oberflächlichkeit! So durchlebte ich einige Tage der bittersten Selbstvorwürfe. Dann hielt ich es einfach nicht mehr aus. Am nächsten Sonntag machte ich mich auf den Weg, um den Verletzten zu besuchen. Er alleine wußte ja, daß ich am Unglück schuld war. Anscheinend aber hatte er dem Chef, meinem Vater, noch kein Wort davon gesagt. War es wirklich Edelmut, oder wartete er darauf, bis er Gelegenheit hatte, mich in Gegenwart meines Vaters anzuklagen, um mich so zu demütigen und zu strafen? Ich wußte es nicht. Aber ich ertrug diesen qualvollen Zustand nicht länger. Er sollte wenigstens wissen, wie leid es mir war, dieses schreckliche Unglück verursacht zu haben.

Nur zaghaft betrat ich den Krankensaal, in dem er lag. Zum Glück war kein anderer Besuch anwesend. Ich hatte mir vorher zurechtgelegt, was ich dem Verunglückten sagen wollte, aber als ich ihn dann daliegen sah, bleich und erschöpft von den großen Schmerzen, brachte ich kein Wort hervor und hatte Mühe, ja, ich schäme mich nicht, es zu sagen, meine Tränen zurückzuhalten. Er merkte natürlich, wie schwer es mir wurde und war gleich sehr freundlich zu mir. Das erste aber, was er mir überglücklich mitteilte, war, daß der Chefarzt ihm heute morgen gesagt habe, es sei nun doch nicht nötig, die Hand abzunehmen. Sie könnte ihm erhalten bleiben.

Ich weiß nicht mehr, ob ich in diesem Augenblick einen Luftsprung gemacht habe oder ob ich meinem älteren Arbeitskameraden um den Hals gefallen bin, irgend etwas Außergewöhnliches, ja sogar Törichtes habe ich jedenfalls getan, so glücklich war ich. Dann aber war es wohl die große Freude, die mir den Mund öffnete. Ich sagte ihm alles, wie ich um ihn gelitten und gebangt habe und daß mir meine Schuld leid tue. Und so kam es, daß mir der Mann ein wahrhaft väterlicher Freund wurde, und er ist es bis heute geblieben, obgleich er jetzt schon fast achtzig Jahre alt ist. In gütiger Weise sprach er damals zu mir, daß er mich schon lange im stillen beobachtet habe. Ich sei geschickt und habe eine gute Auffassungsgabe, er sei überzeugt, daß ich einmal im Leben etwas Rechtes leisten könnte, aber eines müsse ich natürlich lernen, und das sei: gewissenhaft zu sein und es aufs äußerste genau zu nehmen. Es war eigentlich dasselbe, was mir mein Vater schon oft gesagt hatte, ohne daß es viel genützt hatte. Jetzt aber war ich aufnahmebereit. Die Angst der hinter mir liegenden Tage hatte mich für solche Lehren zugänglich gemacht.

›Ich hätte dich, als meinen Arbeitskameraden, selbstverständlich nicht bei deinem Vater verraten‹, fuhr der Mann im Krankenbett fort, ›ich wußte ja, daß dir die ganze Sache sehr zu Herzen ging und keine Strafe mehr nötig war. Aber ich gebe dir nun doch den guten Rat: Lerne daraus! Stelle dich um! Werde gewissenhaft! Du wirst es im Leben brauchen können. Ich will dir keine Vorschriften machen, aber wenn ich das sage, meine ich es gut mit dir und will dein Bestes.‹ Damals vermochte ich nicht viel zu antworten. Heute aber danke ich ihm für seine Worte. Jenes Erlebnis war der Wendepunkt in meinem Leben. Ich kann mich nicht erinnern, daß mein Vater mich von da an je wieder einmal wegen Unpünktlichkeit oder Oberflächlichkeit tadeln mußte. Ich aber lernte je länger desto mehr seine Lebensansichten schätzen und schämte mich, daß ich ihm oft so wenig Verständnis entgegengebracht hatte. Die Geschichte von dem Schräubchen hatte mir die Augen geöffnet. Und nun, ihr drei Jungens, überlegt, warum ich sie euch erzählt habe.« Herr Schnittmeier schwieg, aber auch seine Söhne und Andreas waren nachdenklich geworden und hatten die Lehre verstanden.

Was ist denn das für ein kleines Mädchen, das bei solchem ungemütlichen Wetter in Sturm und Regen mutterseelenallein ohne Mäntelchen auf der Straße herumläuft? Der Wind heult. Die kahlen Bäume strecken klagend die Äste zum Himmel empor. Wolkenfetzen jagen am Himmel entlang. Von Zeit zu Zeit regnet es heftiger, sonst nieselt es schon den ganzen Tag ungemütlich. Wer nicht unbedingt auf der Straße sein muß, beeilt sich, nach

Hause und in das geheizte Zimmer zu kommen. Was aber will das Kind da draußen? Die erstarrten Händchen hat die Kleine mit der Schürze umwickelt. Ihre blonden Locken hängen vom Regen durchweicht zu beiden Seiten des lieblichen Gesichtchens herunter, die lustige rote Haarschleife hat sich aufgelöst und hängt wie eine trauernde Fahne auf die Schulter des kleinen Mädchens. An einem ihrer Strümpfchen scheint sie das Gummiband verloren zu haben. Er hängt ihr auf den Schuh herab. Von Zeit zu Zeit schüttelt sie sich. Sie friert. Und ein Taschentuch scheint sie auch nicht zu besitzen, denn auch ihr rotgefrorenes Näslein trieft, und wenn es gar nicht mehr anders geht, fährt sie mit dem Ärmel ihres lustig geblümten Winterdirndls darunter her. Und nun kullern ihr gar große Tränen über die Wangen. Aufschluchzend steht sie still und schaut sich hilfesuchend um.

Eine Frau hastet über die Straße. Sie hat große Mühe, ihren Schirm zu halten, den der tückische Wind ihren Händen entreißen will. Da fällt ihr Blick auf das weinende Kind an der Straßenecke. Du liebe Zeit, denkt sie. Was tut denn dieses kleine Geschöpfchen bei solchem Wetter allein draußen? – Sie beugt sich herab und fragt: »Warum weinst du, Kleines? Wo willst du hin?«

»Zu Muttchen!« schluchzt das Kind.

»Ja, wo ist denn deine Mutter?«

»Auf – dem – Grü – Grü – Grünberg!«

Du liebe Zeit, das ist ja Kathrinchen Pächter. Aber ganz allein? Und die Mutter sucht sie? Ob wohl Onkel Bruno und Tante Britta etwas davon wissen? Und Elvira?

Zum Glück war es eine gute und mütterliche Frau, die unser Kind da in Sturm und Wetter aufgelesen hatte. Sie nahm die verfrorene, weinende Kleine mit sich nach Hause, zog ihr die nassen Sachen aus, hüllte Kathrin in einen Bademantel, setzte sie an den warmen Ofen und stellte einen Teller süßen Griesbrei vor sie hin. Hei, wie das schmeckte! Aber Kathrin hatte ihn noch nicht zur Hälfte aufgegessen, da war sie auch schon vor Übermüdung eingeschlafen.

»Armes, kleines Ding!« sagte die Frau und trug das schlafende Kind auf das Sofa, wo sie ein warmes Bettchen bereitete.

Als ihr Mann später von der Arbeit nach Hause kam, öffnete sie ihm die Tür, legte geheimnisvoll den Finger auf den Mund und sagte: »Mann, sei leise, wir haben Besuch bekommen. Schau nur, was auf dem Sofa liegt. Etwas so Wunderbares, daß ich es am allerliebsten für immer behalten möchte.« Und dann beugten sich beide über das schlafende Kind.

»Hast du nicht von der Kleinen erfahren können, wie sie heißt und wo sie wohnt?« fragte der Mann.

»Das Kind war so übermüdet«, erwiderte die Frau, »dazu weinte es so herzzerbrechend, daß ich nichts Klares aus ihr herausbekommen konnte. Jedenfalls ist es kein Schwabenkind, es spricht ganz anders als wir. Immer wieder fragte es nach ihrem Muttchen – kein Mensch würde doch bei uns so sprechen und dann faselte es immer etwas von einem Grünberg. Soviel ich weiß, ist um ganz Stuttgart herum kein Berg, der so heißt. Nun aber schläft das Kind so fest, daß wir es nicht wecken können. Es täte mir leid. Wir sollten es hier liegen lassen bis morgen. Dann sehen wir weiter.«

»Dagegen habe ich nichts«, erwiderte der Mann, »aber man muß es der Polizei melden. Denke doch, wie sich die Eltern dieses Kindes ängstigen werden, wenn keine Nachricht kommt und sie nicht wissen, wo das kleine Ding geblieben ist.«

Das sah die Frau ein, und wenige Minuten später ging der Mann zur nächsten Polizeiwache, um den Fund, den seine Frau gemacht hatte, zu melden und über alles zu berichten, was er von dem kleinen Mädchen wußte.

»Leider kann ich Ihnen nicht angeben, woher das Kind kommt und wem es gehört«, sagte er zu dem Beamten. Das einzige, was meine Frau aus ihm herausbekommen konnte, war, daß es Kathrin heißt, seine Mutter sucht und auf den Grünberg will.«

»Das genügt vollständig«, sagte der Polizist. »Das Kind wird nämlich schon seit fünf Stunden von einem Fabrikant Pächter gesucht. Ich will ihn nur gleich anrufen. Alle Polizeiämter in ganz Stuttgart sind benachrichtigt worden. Die Angehörigen der Kleinen werden sie gewiß noch heute abend bei Ihnen abholen.«

Und so war es auch. Schon eine halbe Stunde später stand ein schönes Auto vor dem Haus der Frau, die Kathrin so liebevoll aufgenommen hatte. In großen Sätzen eilte Herr Pächter die Treppen hinauf. Im vierten Stock riß er vor Erregung fast die Glocke ab.

»Ist hier bei Ihnen die Kleine, die sich verlaufen hat?« fragte er aufgeregt die Frau, die ihm die Tür öffnete.

»Pst!« sagte diese und legte wieder den Finger auf den Mund. »Nicht so laut, sie schläft!«

»Gott sei Dank!« sagte Herr Pächter und stieß einen Seufzer der Erleichterung aus. »Aber wir müssen sie schon wecken, denn ich muß sie doch mitnehmen. Mein Gott, wenn dem Kind etwas passiert wäre!«

Und dann nahm Onkel Bruno Kathrinchen in seine Arme und streichelte und küßte das rotgeschlafene Gesichtchen. »Wach auf, Kathrinchen, komm, du darfst mit dem Auto fahren. Elvira hat schon so geweint, weil du verschwunden warst.« Aber die Kleine wachte und wachte nicht auf.

»Hier sind die Kleidchen«, sagte die Frau, »ich mußte sie erst am Ofen trocknen. Soll ich sie ihr anziehen?«

»Nein«, erwiderte der Onkel, »ziehen Sie ihr nur den Bademantel aus. Ich hülle sie in meine Kamelhaarautodecke. Und hier, das habe ich Ihnen mitgebracht, als Zeichen des Dankes, weil Sie sich des Kindes angenommen haben.« Er reichte ihr ein großes Stück Leder. »Lassen Sie sich ein paar Schuhe daraus machen.« Und dann trug er Kathrin in sein Auto. – Für einen kurzen Moment öffnete sie die Augen. »Auf den Grünberg«, sagte sie, »nicht zu Tante Britta.« Und dann schlief sie schon wieder. Onkel Bruno aber fuhr los und machte ein bitterböses Gesicht. Das galt aber nicht dem schlafenden Kind, das er fürsorglich in die Polster seines Autos gebettet hatte, sondern seiner Frau.

Am nächsten Tag nahm Onkel Bruno die Kleine zu sich in sein Zimmer, setzte sie auf seinen Schoß und sagte: »Nun erzähle mir, Kathrinchen, warum du von uns fortlaufen wolltest. Hast du wohl nicht daran gedacht, welchen Schrecken du uns einjagst, wenn du so mir nichts dir nichts verschwindest?«

»Ich wollt' doch nicht mir nichts dir nichts, und Schrecken jagen wollt' ich auch nicht«, erwiderte das Kind, »ich wollt' doch bloß zu Muttchen.« Und nun kullerten schon wieder die Tränen über ihr Gesicht. »Hier hat doch keiner Zeit für mich und niemand singt mit mir und keiner erzählt mir eine Geschichte – und keiner hat mich lieb – und – und – –« Der ganze Jammer ihres Herzens brach nun hervor, und der Onkel nahm sich Zeit, seine kleine, verzweifelte Nichte anzuhören.

»Und wo ich Tante Britta helfen wollte, hat sie mit mir geschimpft – Muttchen hab' ich immer helfen dürfen – und und – ich will jetzt zu meiner Mutter und zu Marienka.«

Liebevoll streichelte der Onkel die nassen Wangen des Kindes. »Komm, komm, beruhige dich. Ich bringe dir auch, wenn ich von meiner Reise komme, eine große Puppe mit.« Aber das Kind erregte sich nur noch mehr. »Ich will keine Puppe, und du sollst nicht verreisen, du sollst hierbleiben und mich zu Muttchen bringen.«

In diesem Augenblick betrat die Tante das Zimmer. »Mann, was ist denn hier los?« fragte sie und zog die Augenbrauen hoch. »Das ist allerdings die rechte Art, mit einem so widerspenstigen Geschöpf umzugehen«, sagte sie. »Eine tüchtige Strafe sollte sie bekommen, nachdem sie uns gestern mit ihrem Fortlaufen solche Aufregung verursacht hat.«

»Kathrinchen beklagt sich«, sagte Onkel Bruno, »du habest mit ihr geschimpft, als sie dir helfen wollte.«

»Das ist wohl kein Wunder, nachdem sie mir mit schwarzer Schuhcreme die Treppen eingewichst und die Blumen auf dem Balkon derartig begossen hat, daß einer vorübergehenden Dame ein ordentlicher Schwupp Wasser auf den Hut platschte. Dann wollte sie unbedingt Staub wischen und hat mir dabei eine Kristallvase zerbrochen. Soll ich noch mehr aufzählen? Du wirst wohl nicht erwarten, daß ich mich über solche Art von Hilfeleistung freue.« Herr Pächter antwortete nicht gleich. Besorgt blickte er auf das Kind in seinen Armen. Tatsächlich, die Kleine sah ganz elend aus. Sollte sie sich den Kummer so zu Herzen nehmen, daß sie krank wurde?

»Ich glaube«, sagte er nach einigem Nachdenken, »es bleibt uns nichts anderes übrig, als unser Kind auf den Grünberg zu seiner Mutter zu bringen.« Mit einem Ruck richtete sich Kathrinchen, die sich seit dem Eintritt der Tante ins Zimmer noch tiefer in Onkel Brunos Arm gekuschelt hatte, auf. Aufgeregt umklammerte sie seine Hand. »Ja, bitte, bitte, Onkel Bruno, auf den Grünberg, jetzt gleich. O ja, o ja, zu Muttchen!« Sie sprang auf den Boden, klatschte in die Hände, drehte sich wie ein Kreisel im Zimmer herum, stürzte plötzlich auf die Tante zu und umarmte sie. »Tante Britta, ich darf zu meiner Mutti, zu meinem allerliebsten Muttilein und zu Marienka, oh, oh, ich bin so froh, ich bin so froh!«

Des Onkels Augen füllten sich mit Tränen. War das Kind in seinem Hause so unglücklich gewesen, daß es jetzt in einen wahren Glückstaumel geriet, bei der Aussicht, nach Hause, vielmehr zur Mutter zu kommen?

Tante Britta aber war auch jetzt nicht zufrieden. »Wie denkst du dir das eigentlich?« fuhr sie ihren Mann an. »Du weißt, daß Elvira nun einmal einen Narren an diesem kleinen Dummerle gefressen hat. Du kannst ihr doch Kathrin nicht einfach wegnehmen!«

Die Kleine begriff, daß ihr Fortkommen in Frage gestellt war. Ihre Augen öffneten sich weit, Totenblässe überzog das Gesichtchen. Sie wankte ihrem Onkel entgegen. Flehend hob sie die Händchen. Ihre Lippen zitterten, aber sie brachte kein Wort heraus.

»Herrgott, das Kind!« rief er und fing die Wankende in seinen Armen auf. »Sei still, mein Kleines, du kommst zu deiner Mutter!«

»Das ist der Dank, daß man die hergelaufenen Verwandten in sein Haus aufgenommen und alles mit ihnen geteilt hat«, empörte sich die Tante und schloß die Tür ziemlich unsanft hinter sich.

»Elvira, Elvira, denke dir, ich darf auf den Grünberg, zu meinem Muttchen und zu Marienka!« Mit diesen Worten stürmte Kathrin in das Zimmer ihrer Base.

»Und wann kommst du wieder zurück?« fragte diese, die keineswegs an die Möglichkeit dachte, die Freundin hergeben zu müssen.

»Gar nicht!« rief diese und klatschte überglücklich in die Hände. »Für immer gehe ich zu meiner Mutter. Nie mehr komme ich wieder zurück.« Kathrin mochte nun doch einsehen, was diese Nachricht für Elvira bedeutete. Sie eilte auf Elvira zu, die ganz bestürzt auf das jubelnde Kind blickte, umarmte sie stürmisch und fuhr fort: »Aber du kannst mich besuchen. Onkel Bruno fährt dich mit seinem Auto auf den Grünberg. Oder vielleicht kannst du gleich mitkommen, wenn wir morgen nachmittag fahren. Oder willst du mit mir für immer oben bleiben? Die Tante Hannedore ist so lieb, die erlaubt es sicher. Aber was wird Onkel Bruno sagen, wenn wir beide weg sind? Der ist bestimmt traurig. Nein, Elvira, du mußt wohl schon hier bleiben, damit dein Papa nicht alleine ist. Aber du kannst mich besuchen, so oft du willst . . .« Ihr kleiner Plappermund stand keinen Augenblick still. Sie begann all die Vorzüge des Grünbergs aufzuzählen. »Du glaubst nicht, Elvira, wie schön es da oben auf dem Berg ist. Ganz nahe beim Himmel wohnen wir. Die Wolken stoßen beinahe an das Dach von Tante Hannedores Haus. Und einen Stall hat sie, mit Kühen und zwei Pferden und kleinen Ziegenlämmchen, und ein paar Schafe sind auch da und Hühner und Gänse. Einen Hund und eine Katze haben sie auch. Und hunderttausend Äpfel- und Birnenbäume sind dort . . . und im Winter . . .«

»Aber Kathrinchen?« unterbrach Schwester Elly jetzt das erregte Kind. »Du warst ja erst ein einziges Mal dort oben, im Winter überhaupt nicht. Siehst du denn nicht, wie traurig Elvira ist, daß du sie verlassen willst?« Tatsächlich, das gelähmte Kind weinte.

»Ich dachte, du bleibst jetzt für immer bei mir als mein kleines Schwesterchen. Auf den Grünberg hättest du von mir aus gerne mal zu Besuch gehen können, aber du müßtest immer wieder zurückkommen.«

Jetzt aber begann Kathrinchen zu schluchzen: »Denkst du, ich will immer von meinem Muttchen getrennt sein? Jetzt hab' ich schon keinen Vater mehr und unser Haus ist auch kaputt, das im Krieg so lange angeschossen wurde, bis es verbrannte, Marienka hat gesagt, wir haben nie mehr eine Heimat, und nun soll ich auch keine Mutter mehr haben? Oh, oh, das halt' ich nicht aus. Nein, Elvira, das kannst du nicht von mir verlangen. Ein Kind gehört zu seiner Mutter. Ja, das weiß ich bestimmt. Und wenn ihr mich nicht gehen laßt, dann lauf' ich wieder davon. Einmal werd' ich schon auf den Grünberg kommen!«

Schwester Elly war ratlos. Da saßen nun beide Kinder tränenüberströmt, und beide hatten recht. Nur zu gut verstand sie den Jammer ihres Schützlings, der kranken Elvira. Wie ein kleiner Sonnenstrahl war dieses Kathrinchen in ihr Leben gehuscht, das bei allem Wohlstand doch arm und leer war. Zwar versuchte Herr Pächter seinem Kind jeden Wunsch von den Augen abzulesen, aber er konnte doch nicht immer bei Elvira sein. Es gab noch viele einsame und traurige Stunden für die Kranke. Die Mutter liebte ihr Töchterchen ebenso, aber sie schadete Elvira durch ihr ewiges Jammern und Klagen mehr, als sie ihr half. Da war nun dieses kleine, unbekümmerte Geschöpfchen, das Kathrinchen, gerade zur rechten Zeit gekommen. Immer war das Kind vergnügt und lustig, ständig hatte es das Köpfchen voller neuer Ideen und Einfälle, über Langeweile hatte Elvira sich nun nicht mehr zu beklagen. Und wie herzhaft hatten sie zusammen gelacht und wie wunderschön gespielt. Schwester Elly begriff nur zu gut, wie schwer Elvira die Trennung fallen würde.

Aber wenn sie nun die Kleine betrachtete, die da auf einmal so verständig wie eine Erwachsene von ihrer Heimatlosigkeit und all dem durchlebten Jammer sprach, dann verstand sie auch den Kummer dieses Kindes. Nein, man durfte es nicht von der Mutter trennen. Was war nun zu tun? Liebevoll zog sie die beiden Mädchen an sich und versuchte, sie zu trösten, ihnen zu erklären, daß eine die andere zu verstehen versuchen müsse, versprach, mit Elvira auf den Grünberg zu kommen, wo man vielleicht gemeinsame Ferien verleben könne und redete Kathrin gut zu, doch hin und wieder nach Stuttgart zu fahren, um Elvira zu besuchen. Es gelang ihr dann auch, in beiden Mädchen gegenseitiges Verständnis füreinander zu wecken, und schließlich hatte sie es soweit gebracht, daß Elvira sich auf den Grünberg freute und Kathrinchen sich, wenn auch ein wenig gönnerhaft, bereit erklärte, von Zeit zu Zeit einen Besuch in Stuttgart zu machen.

»Aber jetzt will ich erst einmal zu meinem Muttchen!« Dabei blieb sie. Und so entschloß sich Onkel Bruno, die Kleine am nächsten Tag zu seiner Schwägerin auf den Grünberg zu bringen.

Frau Marlene Pächter war nun schon einige Monate auf dem Grünberg. Es war inzwischen kalt geworden. Die ersten Schneeflocken wirbelten dort oben schon lustig herum. In Tante Hannedores Stube war es jetzt gemütlich warm. Die beiden Frauen saßen viel beisammen und waren einander wie Schwestern zugetan. Beide hatten viel Schweres erlebt. Beide aber waren durch all das Erlebte gereift.

»Wie dankbar bin ich«, sagte Tante Hannedore, »daß Gott dich zu mir geführt hat. Stelle dir vor, Marlene, ich wäre als blinder Mensch allein auf die Hilfe ganz fremder Leute angewiesen!«

»Dank schulde ich dir, nicht aber du mir«, entgegnete Frau Pächter. »Jeden Tag empfinde ich es aufs neue als eine Wohltat, daß wir hier bei dir eine Heimat gefunden haben. Und du hast es uns in deiner Güte bisher nie empfinden lassen, daß wir, die Flüchtlinge und die Heimatlosen, bei dir eindrangen. Mögen wir dir nie lästig fallen!«

»Aber Marlene, wie kannst du so reden? Sind wir, die wir Haus und Hof behalten durften, nicht verpflichtet, euch, die ihr die Heimat verlassen mußtet, zu helfen? Wehe, wenn wir uns in Herzenshärtigkeit eurer Not gegenüber verschließen! Wir brauchen uns ja nur vorzustellen, wie uns zumute wäre, wenn wir flüchten müßten und da, wo wir um Aufnahme bäten, abgewiesen werden würden.«

»Es sind nicht alle so gesinnt wie du.« Frau Marlene dachte an ihre Schwägerin Britta, an den Empfang, den sie ihnen, den aus der Heimat Vertriebenen, bereitet hatte, und an all die Lieblosigkeiten, denen sie mit ihren Kindern ausgesetzt war. Aber sie sprach nicht davon. Frau Marlene gehörte zu den Menschen, die es unter ihrer Würde betrachten, unfreundlich über andere zu reden. Und schließlich war Bruno, ihr Schwager, nie anders als gütig zu ihnen gewesen. Aus diesem Grunde hatte sie auch seiner Bitte nachgegeben und Kathrin, ihr Nesthäkchen, in Stuttgart gelassen, obgleich es ihr sehr schwer gefallen war, sich von dem Kind zu trennen. Aber Elvira, die Kranke, hatte so flehentlich gebeten, Kathrinchen möge ihr als Spielgefährtin gelassen werden, daß sie es nicht übers Herz gebracht hatte, ihr diese Bitte abzuschlagen. Allerdings, oft war es ihr eine Sorge, ob Britta dem lebhaften Kind auch genügend Geduld und Verständnis entgegenbrächte, besonders wenn die Kleine allerlei komische Einfälle hatte. Wenn sie nur an das Erlebnis jenes Tages dachte, da Tante Britta Besuch bekommen hatte. Eine Dame, die Frau eines Bankdirektors, war erschienen, und Tante Britta fühlte sich sehr geehrt durch diesen Besuch. Als sie sich mit der Dame höchst liebenswürdig unterhielt, betrat Kathrin plötzlich das Zimmer, stellte sich mit verschränkten Armen vor

Frau Pächter hin und sagte: »Jetzt gefällst du mir viel besser, Tante Britta, als vorhin, wo du so mit Onkel Bruno geschimpft und die Türen zugeworfen hast, daß in der Küche eine Tasse 'runterfiel.« Und zu der fremden Dame gewandt, fragte sie: »Hast du deine Lippen angemalt, daß sie so rot sind?«

Das gab natürlich eine furchtbare Aufregung. Die Tante faßte Kathrin voller Empörung am Arm und beförderte sie ziemlich unsanft zum Zimmer hinaus, worauf der Besuch fragte, was das für ein unverschämtes Kind sei. Ach, solche Zwischenfälle hatte es leider des öfteren gegeben. Und jedesmal, wenn sich Frau Marlene dann ihre kleine Tochter vornahm, um in ernster Weise mit ihr zu reden und ihr Vorhaltungen zu machen, hatte sie den Eindruck, daß das Kind nicht absichtlich und vorsätzlich ungezogen gewesen sei. – Wie mochte es ihrer kleinen Kathrin wohl jetzt gehen? Sie hatte oft große Sehnsucht nach ihr. Das kleine Ding konnte noch nicht schreiben, ihr also nichts von ihren Freuden und Kümmernissen mitteilen. Ob sie nicht doch dann und wann Heimweh nach ihrem Muttchen hatte?

Von Kathrin eilten Frau Marlenes Gedanken zu ihrem Sohn, von dem sie auch nicht sehr viel wußte. Andreas schrieb wohl alle zwei bis drei Wochen einen Brief. Anfangs hatte er alle acht Tage ausführlich geschrieben. Dann aber kamen die Nachrichten spärlicher. Wohl schrieb er immer in aller Herzlichkeit, aber die Mutter hätte doch manchmal gerne mehr von ihrem Jungen gewußt. Er war immer sehr beschäftigt, besuchte die Handelsschule, nahm an allen möglichen Kursen teil und erlebte in der Freizeit mit seinen Freunden so viel, daß nur wenig Zeit zum Schreiben blieb.

»Sei mir deshalb nicht böse, Muttchen«, hatte er im letzten Brief geschrieben. »Ich denke jeden Tag an Dich und die Schwestern. Einmal kommt die Zeit, wo wir alle vier wieder einmal beisammen sind – und vielleicht erleben wir es doch noch, daß der Vater zurückkehrt. Du verstehst gewiß, daß ich die Gelegenheiten, die mir hier in so erfreulicher Weise geboten werden, ausnutzen und so viel als möglich erleben und lernen möchte.« Einmal hatte er ihr auch ein Paket geschickt: einige Kleidungsstükke und Süßigkeiten für die Schwestern, die die Mutter seiner Freunde ihm gegeben hatte. Daß die Mutter nun auf dem Grünberg bei der guten Tante Hannedore und nicht mehr in Stuttgart lebte, war ihm eine große Beruhigung. »Auf die Dauer wären die ewigen Nörgeleien bei Tante Britta für Dich unerträglich gewesen«, schrieb er. »Und dann ist es doch für Dich viel schöner, wieder auf dem Lande zu sein, wenngleich ich mir vorstellen kann, daß Du die Sehnsucht nach unserem Fischerdorf und nach dem Meeresstrand nie ganz verlieren wirst.«

Wie vernünftig doch ihr Großer schrieb: Mit berechtigtem Stolz dachte Frau Marlene an ihren Jungen. Käme er nur bald wieder zu ihr zurück! Aber es war vielleicht nicht recht, so zu denken. Sie durfte seinem Glück nicht im Wege stehen und die Pläne des Onkels nicht durchkreuzen.

Die Blinde tastete nach der Hand Marlenes. »Du bist so schweigsam geworden. Bedrückt dich etwas? Laß es mich wissen! Wir wollen doch Freud und Leid zusammen tragen.«

»Du Gute!« erwiderte Frau Pächter. »Obgleich du nicht sehen kannst, blickst du mir mit deinem feinen Verständnis mitten ins Herz. – Nein, bedrücken tut mich eigentlich nichts. Meine Gedanken gingen nur eben wieder die alten, oft beschrittenen Wege. Ich dachte an die Kinder, an Andreas und mein kleines Kathrinchen. Ich weiß von beiden so wenig. Und natürlich dachte ich auch daran, ob mein Mann wohl noch lebt und wo er ist. Diese schreckliche Ungewißheit zermürbt so sehr.«

»Du darfst die Hoffnung nicht aufgeben, Marlene«, erwiderte Tante Hannedore. »Habt ihr es nicht auch in der Schule gelernt: Größer als der Helfer ist die Not ja nicht!? Halte dich daran fest, wenn es dir manchmal schwerfallen will, zu warten und durchzuhalten.«

Bewundernd blickte Frau Pächter auf die Kranke, die so unendlich viel Schweres durchgemacht hatte, ohne Flüchtling zu sein. Wie stark war ihr Gottvertrauen und wie groß ihre Geduld.

Aus der Küche hörte man frohes Singen. Marienka war dabei, das Nachtessen vorzubereiten. Über das Gesicht der Mutter zog ein froher Schein. Wie hatte sich die Tochter zu ihrer Freude entwickelt! Ihr ewiges Nörgeln und Murren war ganz verstummt. Fröhlich und gewissenhaft tat sie ihre Arbeit. In einem der Nachbarhäuser war ein gleichaltriges Mädchen, Susanne. Mit ihr hatte Marienka sich befreundet. Sie sehnte sich gar nicht nach der Stadt zurück. Das Vertrauen, das ihr die Tante Hannedore und die Mutter entgegenbrachten, stärkte sie. Es gab allerdings viel Arbeit auf dem Grünberg. Frieda, die ungetreue Magd, war entlassen worden, ebenso Toni, der Knecht, der gemeinsam mit der Magd Marienka das Leben so erschwert hatte. Dafür war ein älterer Mann angestellt worden, der die Arbeit verrichtete. Er war treu und zuverlässig.

Die Bewohner der wenigen Häuser auf dem Grünberg hielten treu zusammen. In Selbstverständlichkeit hatte man Frau Pächter mit ihrer Tochter aufgenommen und betrachtete sie in jeder Beziehung als Gleichberechtigte. Wie tat das Frau Marlene gut nach der langen Zeit, in der sie hatte schmerzlich empfinden müssen, daß sie eine unwillkommene Fremde, ein Eindringling, ja ein unerwünschter Flüchtling aus dem unbekannten Osten war.

Frieda und Toni, die es nicht verwinden konnten, daß sie entlassen worden waren, hatten in Unterlingen, einem Nachbardorf, Anstellung bekommen. Seit dieser Zeit waren wiederholt Drohbriefe gehässigen Inhalts an Frau Marlene und auch an Marienka gekommen, allerdings ohne Unterschrift. Es konnte aber kein Zweifel darüber bestehen, von wem sie stammten. Eines Tages kam Marienka in Tränen aufgelöst zu ihrer Mutter und Tante Hannedore.

»Seht nur«, schluchzte sie. »Da hat mir der Briefträger eben wieder einen solchen Wisch gebracht.« Und voller Empörung las sie vor: ». . . Erbschleicher seid ihr. Glaubt nur nicht, daß man eure Scheinheiligkeit nicht durchschaut. Nicht der Wunsch, die Blinde zu pflegen, hat euch auf den Grünberg getrieben, sondern der Gedanke, das Anwesen zu erben, wenn sie gestorben ist. Und sie ist zu dumm, um euch zu durchschauen . . .« – –

»Solch eine Gemeinheit!« rief Marienka und stampfte entrüstet auf den Boden. »Was haben wir den Menschen getan, daß sie so niederträchtig sind?« Leidenschaftlich wandte sie sich an Frau Pfleiderer. »Tante Hannedore, wenn ich annehmen müßte, daß du ebenso denkst, dann würde ich lieber heute als morgen den Grünberg verlassen.«

Frau Marlene sagte nichts, sie war totenbleich geworden. Die Blinde mochte ahnen, was in ihrem Innern vorging. »Gib mir den Brief«, bat sie. Den kann sie ja doch nicht lesen, dachte Marienka, reichte ihn aber doch herüber. Tante Hannedore nahm ihn und riß ihn wortlos in viele kleine Fetzen. Dann sagte sie: »So, nun geh und wirf den Schmutz ins Feuer. Es ist nicht wichtig genug, daß wir darüber reden.« Erstaunt blickte das junge Mädchen die Bäuerin an. Dann atmete sie erleichtert auf. Ein

Stein fiel ihr vom Herzen. Wenn Tante Hannedore so dachte, dann brauchte sie sich darüber nicht aufzuregen. – Zu Frau Pächter aber sagte die Blinde: »Ich denke, Marlene, wir beide wissen, was wir voneinander zu halten haben.« Das war vor ein paar Tagen gewesen. Seitdem hatte man nicht mehr über diese Sache gesprochen. Marienkas fröhliches Singen, das aus der Küche zu den beiden Frauen hereindrang, war ein Beweis dafür, daß auch diese die Beleidigung, die ihr durch diesen niederträchtigen Brief zugefügt worden war, vergessen hatte.

Vor dem Hause hielt ein Auto. »Nanu«, sagte Frau Pächter. »Wer mag da zu uns kommen?« Sie trat zum Fenster. »Ach, Hannedore, es ist Bruno, mein Schwager!« Dann stieß sie einen Ruf der Freude aus. »Und er bringt Kathrin mit, mein kleines Kathrinchen.« Eilig verließ sie die Stube, um den lieben Besuch in Empfang zu nehmen. Inzwischen hatte auch Marienka das Auto entdeckt. Mit ein paar Sprüngen stand sie vor dem Haus und fing das Schwesterlein in ihren Armen auf.

»Marienka!« rief Kathrin und jubelte laut auf. »Für immer darf ich bei euch bleiben – hörst du, für immer! Und sieh, hier im Körbchen sind auch meine Häschen!« – Dann folgte eine so stürmische Begrüßung, daß der Onkel den Beleidigten spielte: »Mich scheint überhaupt kein Mensch zu sehen, ich glaube, ihr merkt es vor lauter Kathrinchen gar nicht, wenn ich wieder in meinen Wagen steige und nach Stuttgart zurückfahre.«

Da zog ihn die Kleine an der Hand zu den andern. »Seht, hier ist auch Onkel Bruno. Er ist so lieb. Er läßt mich gar nicht mehr in Stuttgart bleiben. Er erlaubt mir, zu Muttchen zu gehen, und ich darf nun immer bei ihr bleiben.« Frau Pächter schloß ihr Töchterchen lachend und gleichzeitig vor Freude weinend in die Arme. »Oh, du kleines Dummerle, du ahnst ja nicht, welche Sehnsucht ich nach dir gehabt habe!« Sie wandte sich fragend an ihren Schwager: »Ist es wahr, Bruno, darf sie für immer bei uns bleiben?«

Herr Pächter blickte seine Schwägerin erstaunt fragend an. »Aber Marlene, da gibt es doch nichts zu fragen. Das Kind gehört dir und du allein hast ein Bestimmungsrecht an der Kleinen. Wir hätten sie zwar noch sehr gerne behalten, aber die Sehnsucht nach dir wurde so unerträglich, daß sie unter keinen Umständen bei uns bleiben wollte. Sie lief uns sogar einmal davon und hat uns in große Aufregung gebracht.«

»O du kleines, liebes Kathrinchen!« sagte Frau Marlene und drückte das Kind an sich. »Aber nun kommt! Hannedore wird schon ganz ungeduldig auf uns warten. Das heißt, ungeduldig habe ich diesen guten Menschen noch nie gesehen. Aber sie wird sich herzlich über den Besuch freuen. Es ist doch sehr still hier oben bei uns.«

Onkel Bruno hatte inzwischen einige in weißes Seidenpapier gehüllte Pakete aus dem Auto geholt, was von Kathrin mit lautem Jubel begleitet wurde.

»Ich weiß, was drinnen ist. Herrliche Sachen vom Konditor. So was hat es in Markeden nie gegeben. Komm schnell, Onkel Bruno, bring den Kuchen herein! Wir wollen gleich Kaffee trinken!«

Marienka war bereits in der Küche dabei, Wasser aufzusetzen, Bohnenkaffee, den Herr Pächter ihr gereicht hatte, zu mahlen und Tassen und Teller aus dem Küchenschrank zu holen.

Tante Hannedore freute sich herzlich über den Besuch. Der Tisch wurde an ihr Bett gerückt. Frau Marlene breitete ein blütenweißes Leinentuch daüber. Marienka brachte die schönsten Tassen herein, und dann packte Onkel Bruno seine Tortenstückchen aus. »Friedensware!« schmunzelte er. »Wir müssen doch Wiedersehen feiern!«

Als Kathrinchen nun in übersprudelnder Freude davon sprach, daß sie für immer auf dem Grünberg bleiben werde, ermahnte Frau Marlene sie und sagte: »Du mußt doch erst Tante Hannedore fragen, ob sie dir erlaubt, hier zu bleiben.«

Erstaunt blickte Kathrin hoch, daß da außer der Mutter noch ein anderer Mensch über sie zu bestimmen habe. Sie kletterte eilig zu ihr auf den Bettrand: »Nicht wahr, Tante Hannedore, du erlaubst mir, bei meiner Mutti zu bleiben. Ich will nicht mehr zu der bösen Tante Britta zurück.«

»Aber Kathrin!« tadelten die Mutter und Marienka die Kleine. Der Onkel aber tat, als habe er die Bemerkung nicht gehört. Liebevoll streichelte er dem Kind über das Köpfchen und sagte: »Laß nur gut sein, kleine Maus, so ein winziges Persönchen wie du gehört auch noch zu seiner Mutter.«

Kathrin mochte nun aber selbst empfinden, daß sie sich ungeschickt benommen hatte, und so bemühte sie sich, die Sache wieder einzurenken.

»Manchmal war Tante Britta auch ganz nett«, sagte sie, »aber du, Onkel Bruno, bist doch der allerallerbeste Onkel von der ganzen Welt. Und wenn mein Vater nicht mehr nach Hause kommt, dann mußt du unser Vati werden, nicht wahr, Muttchen?«

Marienka schüttelte den Kopf. »Kathrin, du benimmst dich unmöglich, komm mit mir in die Küche, du kannst mir etwas helfen.«

Tante Hannedore hatte natürlich mit Freuden ihre Zustimmung gegeben, daß die Kleine auf dem Grünberg blieb. »Dieses Sonnenscheinchen hat uns gefehlt«, sagte sie. »Oben in der Bodenkammer steht noch ein weißes Gitterbettchen. Das holt herunter und stellt es in euer

Schlafzimmer! Dann hast du deine beiden Töchter bei dir.«

Onkel Bruno wollte wissen, was Andreas schreibe. Marlene berichtete und sprach die Hoffnung aus, daß auch er bald zu den Seinen zurückkehren möge.

»Gewiß, besuchsweise wird er immer wieder zu dir kommen«, pflichtete Herr Pächter bei, »aber wenn er die verschiedenen Kurse in Frankfurt hinter sich gebracht hat, soll er ja seine kaufmännische Lehrzeit beginnen. Du weißt, Marlene, daß ich mir in den Kopf gesetzt habe, den Jungen zu fördern, wo ich nur kann, und du wirst verstehen, daß ich mit ganz anderer Freudigkeit in meiner Fabrik schaffe – im Gedanken daran, daß einmal ein Pächter meine Arbeit weiterführen wird.«

»Doch, doch«, erwiderte Frau Marlene, »das verstehe ich wohl.« Dabei seufzte sie leise. Irgendwie beschwerte der Gedanke daran ihr Herz.

Und nun war Kathrin auf dem Grünberg. Wie ein lustiges Vöglein huschte sie umher. Steckte den Kopf einmal in den Stall zum Knecht Johann, dann wieder zu Marienka in die Küche oder besuchte Tante Hannedore in ihrem Krankenzimmer. Daß diese nichts sehen könne, wollte gar nicht in ihr kleines Köpfchen. »Wenn du dann wenigstens herumlaufen könntest!« jammerte sie. »Augen hast du und kannst nicht sehen, und Beine hast du und kannst nicht gehen. Oh, Tante Hannedore, das tönt gerade wie ein Gedicht. Sehen und Gehen, das klingt gerade wie Zwillinge.« Tante Hannedore mußte über den seltsamen Vergleich herzhaft lachen. Dann erzählte Kathrin von Elvira, die auch nicht laufen könne, obgleich auch sie Beine habe. Und gleich rückte sie mit der Frage heraus, ob die Stuttgarter Freundin wohl auch einmal zu Tante Hannedore auf Besuch kommen dürfe. Als diese ihre Zustimmung gab, war das Kind überglücklich. »Das muß Muttchen der Elvira schreiben. Wie wird sie sich darüber freuen!«

»Im Sommer muß sie kommen – oder im Frühjahr, wenn Tausende von Schlüsselblumen auf unseren Wiesen wachsen«, bestätigte die Tante, »und wenn sie draußen im Lehnstuhl in der warmen Sonne sitzen kann.«

»O ja, o ja!« jubelte Kathrin. »Wie lange dauert es noch, bis es Sommer ist?«

»Das dauert schon noch einige Zeit«, antwortete Tante Hannedore, »vorher kommt ja noch Weihnachten.«

»O ja, Weihnachten!« Schon waren die Gedanken des kleinen Mädchens wieder auf ein anderes verlockendes Ziel gerichtet.

Und dann gab es auf dem Grünberg so viel zu sehen und zu erleben, was an die alte Heimat, an Markeden, erinnerte. Die Mutter kam aus dem Stall, wo sie die Kühe gemolken hatte. In jeder Hand trug sie einen Eimer schäumender Milch.

»O Muttchen, wie zu Hause, da war es auch so . . .«

Einmal rief sie voller Freude: »Hier riecht es ganz wie in Markeden!« Die Mutter war nämlich beim Brotbakken. Und als der Metzger vom Dorf heraufkam, um gemeinsam mit dem Knecht das Schwein zu schlachten und auszunehmen, als die Mutter und Marienka stundenlang Speck in Würfel schnitten und das Fleisch im großen Kessel brodelte, da stand die Kleine mit verschränkten Ärmchen dabei und sagte: »Das alles gab es in Stuttgart nicht, aber in Markeden. Nur, daß hier kein Meer ist.«

»Wann gehen wir aufs Feld?« fragte sie, und die Mutter antwortete, daß Sommer und Herbst ja vorüber und die Felder zum Winter bereits bestellt seien.

Es dauerte nicht lange, dann wirbelten die Schneeflokken. Und bald glich der Grünberg einem geheimnisvollen Märchenland. Kathrin jubelte. So schön Schlittenfahren hatte man allerdings in Markeden, wo alles flach war, nicht können. Mit den zwei kleinen Mädchen aus dem Nachbarhaus war sie nun stundenlang draußen. Und wenn sie dann mit geröteten Bäckchen und vor Vergnügen strahlenden Augen zurückkam, berichtete sie: »Hier auf dem Grünberg gefällt's mir noch viel besser als in Markeden.«

Die Mutter lächelte. Glückliches Kind! Es wußte nichts von der wehen Sehnsucht, die sie manchmal überfiel, von dem brennenden Heimweh, das sie manche Nachtstunden wachen ließ.

Weihnachten nahte. Auch auf dem Grünberg gab es allerlei geheimnisvolle Vorbereitungen. Manche Stunde saß die Mutter am Abend neben dem Bett der Blinden, um für ihre Kinder zu nähen und zu stricken. Sie wollte doch zu gerne allen eine kleine Weihnachtsfreude bereiten. Auch an die Stuttgarter hatte sie gedacht. Bruno, Britta und Elvira sollten je ein Paar Norweger-Handschuhe bekommen. Da gab es viel zu stricken. Marienka half auch dabei. Wenn sie nun des Abends so beieinandersaßen, da mochte Tante Hannedore wohl manchmal seufzend sagen: »Das ist mir das Allerschwerste, daß ich durch meine Blindheit niemand mehr eine Freude machen kann. Wie gerne möchte auch ich euch etwas zum Fest schenken.«

Da versuchte Frau Marlene, sie zu trösten: »Hannedore, du gibst doch täglich und weit mehr, als du ahnst.« Und Marienka fügte hinzu: »Ja, Muttchen hat recht. Was täten wir, wenn wir dich nicht hätten, Tante Hannedore?«

Ob Andreas über die Feiertage kommen würde? Alle hofften es, und Marienka meinte, das sei doch selbstverständlich. Zu Weihnachten gehöre man zur Mutter, und den Heiligen Abend könne man nur in der eigenen Familie recht feiern. Die Mutter sagte nichts dazu. Irgendwie ahnte sie, daß ihr Hoffen vergeblich sei.

Ein schönes Paket kam aus Frankfurt. Andreas hatte für alle ein schönes Geschenk in Weihnachtspapier gewickelt und mit rotem Band verschnürt, dazu ein Tannenzweiglein gesteckt. Auch für Tante Hannedore. So sehr sie sich darüber freuten, so legte doch die Mutter die Päckchen still unter das Tannenbäumchen, das in Frau Pfleiderers Zimmer geschmückt war und morgen, am Heiligen Abend, im Glanze seiner Lichterpracht erstrahlen sollte. Lieb war es von Andreas, an alle zu denken, aber lieber hätten sie auf die Gaben verzichtet, wenn er selbst gekommen wäre. Ob er sich denn nicht danach sehnte, mit der Mutter und den Schwestern Weihnachten zu feiern, das erste Weihnachtsfest nach den schrecklichen Fluchterlebnissen, wo sie alle wieder in einigermaßen geordneten Verhältnissen lebten? Irgend etwas zog ihr das Herz zusammen. Andreas, ihr Großer, ihr Stolz, ihre Hoffnung! Wie sehr würde er ihr besonders morgen fehlen . . .

Immer wieder mußte sie seinen Brief lesen, aus dem noch die alte Herzlichkeit sprach:

Liebe Mutter!

Nun naht das Weihnachtsfest, und Ihr werdet auf mich warten. Zu gerne käme ich auf den Grünberg, zumal wir uns schon einige Monate nicht mehr gesehen haben. Aber Günther und Karl-Heinz haben mich so sehr gebeten, das Weihnachtsfest mit ihnen zu verleben, und nachdem ihre Eltern sich ebenfalls ihren Bitten anschlossen, wagte ich nicht, nein zu sagen, obgleich es mir wirklich schwerfällt, auf Euch zu verzichten. Es ist das erste Weihnachtsfest, das wir miteinander erleben könnten, nach all dem Schweren, das hinter uns liegt. Seid bitte nicht zu sehr enttäuscht, daß ich nicht komme, und versteht mein Handeln. Man hat hier so viel Gutes an mir getan, daß ich nicht undankbar erscheinen möchte.

Ich kann Euch nicht sagen, welche Beruhigung es für mich ist, zu wissen, daß Ihr alle drei jetzt wieder beisammen seid. Ich war schon so froh, als Du, liebes Muttchen, zu Tante Hannedore auf den Grünberg gezogen bist. Erstens ist Marienka nicht mehr so allein dort oben, und dann kann ich mir vorstellen, wie sehr Du Dich in Stuttgart immer nach der Arbeit auf dem Lande gesehnt hast. Die Steinmauern der Großstadt haben Dich ja immer geängstigt. – Und ich freue mich riesig auf den Tag, wo ich zu Euch kommen und Eure neue Heimat näher kennenlernen darf. Dann wollen wir einige ausgiebige Spaziergänge und Wanderungen machen. Und nun ist ja unsere kleine Kathrin auch dort oben. Ist der Wildfang für die kranke Tante Hannedore nicht zu laut? Andererseits kann ich mir gut vorstellen, wie das Kind mit seiner heiteren Art trübe Stunden erhellt und vielleicht sogar über manches Schwere hinweghilft.

Daß wir so gar nichts vom Vater hören, betrübt mich oft sehr. Ob er überhaupt noch lebt? Weißt Du, Muttchen, oft frage ich mich, warum Gott solches zuläßt. Wie schön wäre es gewesen, wenn wir alle miteinander in Markeden hätten bleiben können. Obgleich ich hier ein schönes Leben führe und vieles erlebe, was in Markeden nie der Fall gewesen wäre, so würde ich doch mit tausend Freuden wieder zurück in die Heimat gehen, wenn ich wüßte, daß ich dort unseren guten Vater und Dich sowie die Schwestern wiederfinden würde. Gerne würde ich gemeinsam mit dem Vater unser Haus wieder aufbauen. Manchmal will mich eine rechte Wehmut befallen, wenn ich an alles denke. Aber es hat ja keinen Zweck, sich zu sehr damit zu befassen, und außerdem kann ich ja in keiner Weise klagen. Mir geht es mehr als gut.

Und nun wünsche ich Euch allen von Herzen ein frohes, segensreiches Weihnachtsfest. Denkt an mich! Es wird auch bei uns sehr schön werden, aber ich glaube, ich werde doch große Sehnsucht nach Euch haben.

Seid von Herzen gegrüßt von Eurem Andreas.

Still legte Frau Pächter den Brief beiseite. Tränen waren beim Lesen desselben auf das Papier gefallen. Also auch Andreas wurde die Sehnsucht nicht los. Warum läßt Gott so etwas zu? Ach, mein Junge, so kann und darf man nicht fragen, sonst zerbricht man daran. Wozu, muß es heißen. Wir sollen wohl reifen und für Zukünftiges vorbereitet werden durch all die Trübsal. Aber um das zu begreifen, mußt du wohl noch etwas älter werden. Ich werde dich sehr vermissen, Andreas. Weihnachten ohne Mann und Sohn!

Kathrin jedoch sorgte dafür, daß echte Weihnachtsstimmung im Hause der Tante Hannedore herrschte. Letztere hatte mit ihr einige ganz alte, für das Kind aber neue Weihnachtslieder eingeübt, mit denen die Mutter überrascht werden sollte. Dann hatte die Blinde ihr sogar geholfen, heimlich ein Bastkörbchen für die Mutter und ein ebensolches für Marienka zu flechten. Bei verschlossener Tür saßen die beiden Verbündeten zusammen, und Kathrin geriet immer wieder in größte Aufregung, wenn die Mutter oder Schwester Einlaß begehrten. »Schnell, Tante Hannedore, versteck das Körbchen!« Bald darauf konnte sie aber schon Marienka zuflüstern: »Etwas Wunderschönes mach' ich euch, aber ich verrat' es euch nicht. Nähzeug könnt ihr hineintun.«

Und dann kam der Heilige Abend. Wie ein Silberglöckchen klang der Kleinen Stimme. »Ihr müßt aber alle mitsingen«, forderte das Kind sie auf. »Es ist doch Weihnachten!«

»Ja, es ist Weihnachten!« Frau Pächter schluckte tapfer die Tränen herunter, und dann begann auch sie, wenngleich viel leiser als Kathrin, mitzusingen. Sie wußte ja um die Weihnachtsbotschaft und wollte es auch im Leid festhalten: »Siehe, ich verkündige euch große Freude!« Ergreifend war es, als die Blinde die Weihnachtsgeschichte sprach. Man spürte es ihr deutlich ab, wenn sie auch keines von den angezündeten Lichtern an dem kleinen Bäumchen sehen konnte: In ihrem Innern leuchteten die Lichter Gottes warm und hell. So feierten sie auf dem Grünberg ein schönes und inniges Weihnachtsfest. Marienka behauptete sogar, nie vorher Weihnachten so erlebt zu haben wie dieses Mal, obgleich der Gabentisch bescheiden und auch in ihr gerade an diesem Tag die Sehnsucht nach ihrer Heimat und nach dem Vater mächtig aufgestiegen war.

Es war einige Zeit nach dem Weihnachtsfest. Frau Pächter war mit ihren beiden Töchtern in den Wald gegangen, um nach den Holzfällern zu sehen, die im Auftrag von Tante Hannedore einige Bäume in ihren Waldungen zu fällen hatten. Es war erstaunlich mildes Wetter, und Frau Marlene hatte auch Kathrin erlaubt, mitzukommen. Jetzt schien sogar die Sonne und vergoldete den Winterwald märchenhaft. »Dauert's jetzt noch lang, bis die Schlüsselblumen blühen?« fragte Kathrin.

»Dummerlein«, erwiderte die große Schwester, »jetzt kannst du erst noch einige Wochen Schlitten fahren. Hier oben wird der Winter nicht so schnell weichen.« – In diesem Augenblick hörten sie, nicht weit von ihnen entfernt, lautes, erregtes Rufen, dann zorniges Fluchen und zuletzt einen markerschütternden Schmerzensschrei.

»Da muß etwas passiert sein!« sagte die Mutter. Marienka wies mit der Hand hinüber zur Waldböschung. Etwa dreihundert Meter von ihnen entfernt waren zwei Männer dabei, Baumstämme auf einen Wagen zu laden. Ob die vereisten Stämme abgerutscht waren oder ob einer der Männer ausgeglitten war, das hatte niemand gesehen – jedenfalls mußte ein Unglück geschehen sein, denn einer der Holzfäller beugte sich über den anderen, der am Boden zu liegen schien.

»Wir müssen sehen, ob wir helfen können«, sagte Frau Pächter, faßte Kathrin bei der Hand und lief eilig der Unglücksstelle zu. Marienka folgte. Tatsächlich, da lag ein Mann im Schnee. Totenbleich war sein Gesicht. Er hatte die Augen geschlossen, aus einer Kopfwunde floß Blut über Stirn und Wangen. Noch ehe Frau Marlene sich um den Verletzten kümmern konnte, zog Marienka sie zurück. Voller Entrüstung flüsterte sie ihr zu: »Das ist doch Toni, Tante Hannedores früherer Knecht.«

Die Mutter blickte sie erstaunt an. »Ja und –?«

»Du weißt doch, wie gemein er zu mir gewesen ist.« Frau Pächter löste sehr bestimmt die Hand ihrer Tochter von ihrem Arm. »Das ändert nichts an der Tatsache, daß er unserer Hilfe bedarf. Komm, hilf mir ihn aufzurichten.« Aber Marienka konnte sich nicht überwinden. Mochte der andere Mann der Mutter hierbei behilflich sein.

»Vor allem muß die Wunde verbunden werden«, sagte Frau Marlene. Verbandszeug war nicht zur Stelle. So zog sie kurz entschlossen Kathrin das helle Schürzchen aus, das diese unter dem Mäntelchen trug, und riß es in Streifen, um den Verletzten zu verbinden.

»O Muttchen, mein schönes Schürzchen«, jammerte die Kleine. »Marienka hat es mir heute morgen ganz frisch umgebunden.« Aber die Mutter ging gar nicht darauf ein. Tonis Begleiter, ein unbeholfener, schwerfälliger

Knecht, war froh, in Frau Pächter Hilfe gefunden zu haben. Er versuchte umständlich zu schildern, wie das Unglück geschehen sei: Toni war ausgeglitten, hatte den Baumstamm fallen lassen und war so unglücklich gestürzt, daß ihn der Stamm an der Stirn heftig verletzte. Frau Pächter hatte sofort gesehen, daß die Wunde nicht ungefährlich war.

»Sie können mir nachher erzählen, wie das Unglück geschehen ist. Jetzt scheint es mir wichtig, daß Sie so schnell wie möglich zum nächsten Gehöft eilen und ein Fuhrwerk besorgen, das den Verletzten holt. Wenn Sie dort niemand antreffen, so laufen Sie sofort weiter zu Frau Pfleiderers Haus. Der Knecht ist daheim. Er soll anspannen und herauffahren, damit der Toni schnellstens heimgebracht werden kann. Und du, Marienka, läufst ins Dorf und telefonierst hinunter ins Tal. Doktor Hausknecht soll sofort kommen!«

Des Mädchens Gesicht verfinsterte sich mehr und mehr. Was verlangte die Mutter von ihr? Hatte sie den niederträchtigen Schmähbrief vergessen? Kein anderer als Toni hatte ihn gemeinsam mit Frieda verfaßt. Es kam ihr charakterlos vor, sich um diesen Menschen zu kümmern. Was ging er sie an?

»Marienka!« Frau Pächters Stimme riß sie aus ihrem empörten Sinnieren. »Willst du schuld sein, wenn die Hilfe zu spät kommt?« In Mutters sonst so sanften Blick war in diesem Augenblick etwas so Gebietendes, daß die Tochter nicht länger wagte, sich zu widersetzen. Sie ging, wenn auch mit sichtlichem Widerstreben. Erst als Mutters Anruf sie erreichte: »Es eilt, Marienka!« beschleunigte sie ihre Schritte.

Nun war Frau Pächter allein mit dem Verletzten im winterlichen Wald. Kathrinchen vergnügte sich damit, kleine Schneebälle den Abhang herunterrollen zu lassen und freute sich, wenn sie wie kleine Lawinen wuchsen. Frau Pächter hatte sich auf den Baumstamm, der das Unglück verursachte, niedergelassen und Tonis Kopf in ihren Schoß gebettet. Toni schien bewußtlos zu sein. Sein Gesicht war eingefallen und totenbleich. Der Notverband färbte sich rot. Voller Sorge blickte Frau Marlene auf den Menschen herab. Keinen Augenblick bewegte sie der Gedanke, er könne ihre Fürsorge nicht verdient haben. Für sie gab es nur ein Gebot: Ein Mensch war in Not und brauchte ihre Hilfe. –

Unbeschreiblich langsam schien ihr die Zeit zu vergehen, bis der Knecht mit dem Fuhrwerk kam. Marienka fuhr auf diesem in den Wald zurück zur Mutter, um zu berichten, daß der Arzt nicht daheim gewesen sei. Seine Frau werde ihn aber schicken, sobald er zurückgekehrt sei. Der Knecht erzählte, daß Tonis Bauer in Unterlingen ein großes Geschrei gemacht habe. Das fehle ihm noch, daß er jetzt einen Kranken ins Haus bekäme, den man wochenlang pflegen müsse. Dafür habe niemand in seinem Hause Zeit. Außerdem sei er mit diesem Knecht, dem Toni, nicht zufrieden. Das Größte an ihm sei sein Mundwerk. Man solle ihn nur gleich ins Krankenhaus schaffen. Nachher brauche er nicht wieder zu ihm zu kommen. Solche Knechte, wie er einer sei, könne er jeden Tag im Dutzend haben, er danke dafür. Inzwischen sei ein anderer schon zur Mutter des Toni gelaufen, und die habe jammervoll angefangen zu greinen und wolle nichts davon hören, daß ihr »Bub« ins Krankenhaus komme. Soviel Platz habe sie noch in ihrer Hütte, daß sie ihn aufnehmen, und auch soviel Kraft noch, daß sie ihn pflegen könne, wenn sie auch ein gichtgekrümmtes, altes Weib sei und an zwei Stöcken gehe.

Ihr Bub! dachte Frau Marlene, trotz allem einer Mutter Sohn. Und sie blickte voller Erbarmen auf den Verletzten herab, aus dessen Munde jetzt ein wehes Stöhnen kam.

Eine jammervolle Behausung war es, in der Toni einige Zeit später lag. Es war das zerfallene Häuschen, in dem seine alte Mutter lebte. Sein Vater war ein Trinker gewesen und hatte alles heruntergewirtschaftet. Wäre der Sohn ein Mensch von Charakter und Pflichttreue gewesen, so hätte er es längst als seine Aufgabe angesehen, das alte Häuschen wieder instandzusetzen und seiner gichtgekrümmten Mutter, die nicht einmal einen Besen ohne Schmerzen in der Hand halten konnte, ein menschenwürdiges Wohnen zu ermöglichen. Leider aber schien er ganz dem Vater nachzuschlagen. Man sagte von ihm, daß er faul sei, obgleich er geschickte Hände habe. Man hatte ihn auch schon einige Male betrunken im Straßengraben aufgefunden.

Nun lag der Verletzte auf einem elenden, vom Holzwurm angefressenen Brett. Unter und neben dem unsauberen, viel zu kurzen Leintuch stachen die Strohhalme hervor, die die Matratze ersetzen mußten. Jammernd kauerte das alte Weiblein auf einem Hocker vor dem Lager des Sohnes, der sich stöhnend hin und her warf. »O du lieber Gott im Himmel, geradezu vom Unglück verfolgt sind wir. Ist's nicht genug gewesen, daß sie mir damals vor zehn Jahren die Nachricht brachten, mein Mann habe sich im Wald an einem Baum aufgehängt? Jetzt muß sich der Bub auch noch zu Tode stürzen. Nimmt denn das Unglück kein Ende?«

»So hör doch mit dei'm Geheule auf!« fuhr sie der Kranke aus seinen Schmerzen heraus an. »Ich leb' ja noch. Kannst etwa nicht warten, bis ich unter die Erde komme!«

Nur noch lauter weinte die arme Alte. »Solch gottloses Reden! Wo ich doch gleich gesagt habe, zu mir wird der Bub gebracht und nicht ins Krankenhaus!«

»'s wär wohl besser gewesen, sie hätten mich dorthin gebracht«, erwiderte Toni in bissiger Weise, dabei stöhnte er laut vor Schmerzen. »Dann müßte ich dieses ständige Gejammer nicht anhören.«

Bis dahin hatte die große, ernstblickende Frau, die am Fußende des Bettes saß, dem eigenartigen Zwiegespräch zwischen Mutter und Sohn stillschweigend zugehört. Jetzt aber hielt sie es nicht länger aus. Sie wandte sich an den Verletzten: »Toni, Ihre alte Mutter hat solche lieblosen Redensarten nicht verdient. Sie müssen doch merken, wie sehr sie sich um Sie sorgt und um Ihr Leben bangt. Danken Sie Gott, daß Sie noch eine Mutter haben, zu der Sie in einer solchen Lage flüchten können. Ich wäre froh, ich hätte noch eine Mutter, an deren Schulter ich meinen Kopf dann und wann lehnen könnte.«

Dann wandte sie sich an die alte Frau: »Und wir wollen jetzt nicht all das Unglück aufzählen, das uns in unserem Leben und auch jetzt wieder betroffen hat – davon wird nämlich nichts besser –, sondern wir wollen von Herzen dankbar sein, daß der Toni noch einmal mit dem Leben davongekommen ist, und alles tun, um ihn zu pflegen, daß er wieder gesund wird. Sein Leben ist ihm neu geschenkt und er kann von vorne anfangen und vielleicht noch manches gutmachen und in Ordnung bringen, was verkehrt und verfahren war.«

Der Kranke wollte zuerst aufbegehren und sich solch ein Einmischen in seine Privatangelegenheiten verbitten, aber es war merkwürdig: Es ging von dieser Frau Pächter eine solche Ruhe und etwas so Bezwingendes aus, daß er nicht wagte, sich ihr zu widersetzen. Vielleicht waren auch seine Schmerzen zu groß und er selbst durch den ungeheuren Blutverlust so geschwächt, daß er nicht zu antworten vermochte. Einen halbunterdrückten Fluch murmelnd, drehte er sich zur Wand.

Frau Pächter nahm nun die alte Frau beiseite; sie sprach ihr leise Mut zu und fragte, ob sie etwas zu essen im Hause habe, da der Sohn nach dem Unfall doch gute Pflege brauche. Als das alte Weiblein weinend erklärte, nur noch einen Laib Brot und schwarzen Kaffee zu haben, versprach sie, etwas zu schicken. »Ist denn niemand da, der Ihnen ein wenig in Ihrem Haushalt helfen könnte?« fragte sie. Die Frau schüttelte den Kopf. »Mit den Verwandten haben wir uns entzweit, zuerst wegen meinem Mann, später wegen dem Toni. Da kümmert sich keiner mehr um uns.«

»Und die Frieda?« forschte Frau Pächter weiter. »Will der Toni sie nicht heiraten?«

»Was weiß ich? Er sagt mir doch nichts. Ja, ja, ich glaub' schon, daß sie Hochzeit machen wollen. Aber womit denn? Sie haben doch beide nichts.« Mitleidig blickte Frau Marlene das alte Mütterchen an. »Ich will einmal in Ruhe über alles nachdenken. Vielleicht kann man doch einen Ausweg finden.« Noch einmal beugte sie sich über den Verletzten: »Also gute Besserung, Toni! Und tun Sie nur alles, was der Arzt von Ihnen verlangt. Desto schneller werden Sie wieder gesund.«

Ein Brummen war die Antwort. Es war nicht zu verstehen, ob es »Danke!« oder etwas anderes heißen sollte.

Inzwischen saß Marienka am Bett der Blinden und weinte vor Zorn und Empörung heiße Tränen.

»Tante Hannedore, wenn es nicht meine eigene Mutter wäre, so müßte ich sie charakterlos nennen.«

»Aber, aber, Kind!« unterbrach Frau Pfleiderer das erregte Mädchen erschrocken. »Wie kannst du so reden?«

»Begreifst du das denn nicht?« ereiferte sich Marienka. »Da kümmert sie sich um diesen verkommenen Menschen, der in allen Dörfern ringsum verschrieen ist. Kein Mensch will etwas von ihm und dieser Frieda wissen.

Nicht einmal sein eigener Bauer, bei dem er als Knecht arbeitet, hat ihn in seinem Hause aufgenommen. Was ich aber nicht verstehe, ist, daß Muttchen vollkommen vergessen zu haben scheint, was dieser schreckliche Mensch ihr und mir mit seinen gemeinen Verleumdungen angetan hat. Jeder andere hätte ihn wegen Beleidigung auf dem Gericht verklagt. Aber die Mutter sitzt an seinem Bett und wäre wahrhaftig imstande, ihn zu pflegen. Du hättest nur sehen sollen, Tante Hannedore, wie sie sich im Wald seiner angenommen hat. Als wäre es ihr eigener Sohn, so hat sie sich um ihn gekümmert. Ich kann es nicht verstehen; begreifst du das, Tante Hannedore? Ich will der Mutter gewiß nicht unrecht tun, aber ich verstehe sie nicht.«

»Das ist begreiflich, Marienka«, erwiderte die Blinde und suchte die Hand des jungen Mädchens, die sie dann in der ihren hielt. – »Höre mir zu: Das, was deine Mutter jetzt tut, kann kein Mensch aus eigener Kraft. In uns allen regt sich in solchen Augenblicken die Stimme der Rache, der Vergeltung. Aber ich weiß um das Geheimnis, das deine Mutter befähigt, so zu handeln. Sie kennt den, der gesagt hat: ›Liebet eure Feinde, segnet, die euch fluchen, tut wohl denen, die euch hassen, bittet für die, die euch beleidigen.‹ – Weißt du, wer es ist, der so gesprochen hat?«

Marienka nickte schweigend, und die Blinde, die wohl wußte, daß Marienka diese Worte kannte, fuhr fort: »Nur der, dem es möglich war, selbst am Kreuz für seine Feinde zu beten: ›Vater, vergib ihnen, denn sie wissen nicht, was sie tun‹, kann einem Menschen die Kraft geben, so zu handeln, wie deine gute Mutter es jetzt tut. Glaube mir, sie ist durch all das Leid, das sie durchlebt hat, gereift und ein selten wertvoller Mensch geworden. Ich bin glücklich, in ihr eine Freundin zu haben, und ich wünschte sehr, daß du einmal auch so würdest, wie deine Mutter ist.«

Marienka antwortete nicht. Fühlte sie sich durch die Worte der Blinden beschämt oder gar in ihrem Inneren angeklagt? – Jedenfalls spürte sie deutlich: hier war ein Heiligtum, in das ihr empörtes, rachedurstiges Herz nicht hineinpaßte.

Still erhob sie sich und sagte: »Ich will jetzt in die Küche gehen und das Nachtessen vorbereiten. Muttchen soll nicht warten müssen, wenn sie nach Hause kommt.«

In diesem Augenblick riß Kathrin die Tür auf, so daß ein eisiger Luftzug in Tante Hannedores mollig warmes Stübchen drang und diese ganz entsetzt rief: »Schnell, schnell die Tür zu, Kathrinchen, sonst werde ich in meinem Bett zum Eiszapfen.«

Die Kleine warf die Tür ziemlich unsanft zu, sie war außer sich vor Entrüstung: »Ich möchte mal wissen, was heute bei uns los ist. Kein Mensch kriegt ein Vesperbrot, und Muttchen ist auch noch nicht zurück.«

»Komm, du kleiner Vielfraß!« sagte die große Schwester und führte sie in die Küche. »Du sollst ein Stück Schnitzbrot haben. Es wäre entsetzlich, wenn die Mutter zurückkäme und du wärest inzwischen verhungert.«

»Hast du schon gehört? Sobald der Toni wieder gesund ist, will er heiraten.«

»Wen denn? Die Frieda etwa? Die hat doch ebensowenig wie er; sie wäre schön dumm, wenn sie einen solchen Tagedieb und Tunichtgut nehmen würde. Der wird ein genauso verkommener Säufer wie sein Vater, und es wird nicht lange dauern, dann hat er das arme Weib, seine alte Mutter, auch noch um ihre kümmerliche, baufällige Hütte gebracht. Es wäre besser gewesen, der Baum im Wald hätte ihn erschlagen.«

»Na, hör mal, das ist wahrlich kein christlicher Wunsch! Überhaupt ist es der Flüchtlingsfrau, die mit ihren beiden Mädeln bei der blinden Hannedore oben auf dem Grünberg wohnt, zu verdanken, daß der Toni nicht im Wald verblutet ist.«

»Vielleicht wär's besser gewesen, sie hätte sich nicht so sehr um ihn gekümmert. So einem Halunken das Leben zu erhalten, ist keine hervorragende Tat. Übrigens sollen die Flüchtlinge da oben es ja nur darauf abgesehen haben, die Hannedore Pfleiderer zu beerben. Ich danke schön! Es kann ja auch nur einer so hilflosen Frau, die nicht mehr sieht, einfallen, hergelaufenes Gesindel aufzunehmen. Die ganze Nachbarschaft sollte sich zusammentun und dagegen Einspruch erheben, daß sie sich da oben festsetzen.«

In diesem Augenblick stürzte eine Bauernmagd auf die beiden Frauen los, die mitten auf der Dorfstraße stehend in dieser Weise gesprochen hatten. Das Mädchen hielt in der Hand ein Beil und fuchtelte so erregt mit demselben in der Luft herum, daß man hätte meinen können, sie wolle eine der beiden Frauen oder gar beide erschlagen. Sie machten auch entsetzt einen Sprung zur Seite.

»Frieda, bist du verrückt geworden?« schrie eine der Frauen.

»Nein, verrückt bin ich nicht geworden, aber ich habe alles mit angehört, als ich hier hinter den Büschen für meine Bäuerin Holz hacken mußte. Eine Gemeinheit ist's, wie ihr über die Flüchtlingsfrau da oben auf dem Grünberg sprecht. So, wie du, Liese, sagst, ist sie nämlich gar nicht. Sie denkt gar nicht daran, die Hannedore zu beerben.«

Jetzt stellte die angeredete Frau die Milchkanne, die sie in der Hand hielt, auf die Erde, stemmte die Arme in die Seiten und warf dem Mädchen einen empörten und zugleich herausfordernden Blick zu: »Nun glaub' ich aber doch ganz sicher, daß du total übergeschnappt bist, Frieda. Man könnte meinen, daß du und nicht der Toni die Kopfverletzung bekommen hast. Wer war es denn eigentlich, der bisher im ganzen Dorf herumgequatscht hat, die Flüchtlinge auf dem Grünberg würden der Hannedore Pfleiderer das Blut aussaugen? Wer hat denn überall die Frau und das Mädel schlecht gemacht? Warst du es nicht und der Toni? Willst du vielleicht auf einmal die Heilige spielen? Gib doch zu, daß du selbst das, was ich vorhin über die Frau ausgesagt habe, im ganzen Dorf und darüber hinaus verbreitet hast!«

Das Mädchen war errötet und blickte nun verlegen zu Boden. Die Anklage der erregten Frau war berechtigt. Sie selbst hatte gemeinsam mit Toni das Gerücht über Frau Pächter verbreitet. Sie scharrte einen Augenblick hilflos mit dem Fuß im Sand, dann gab sie sich einen Ruck – man sah, es fiel ihr nicht leicht, jetzt weiter zu sprechen, aber sie überwand sich und sagte: »Ja, Liese, du hast recht, wir haben eine elende Wut auf die Marienka und ihre Mutter gehabt und haben nicht nett über sie gesprochen. Aber – aber«, sie mußte sich die Worte geradezu abringen, »es wäre ein noch viel größeres Unrecht, wenn ich jetzt nicht sagen würde, daß wir der Fremden vom Grünberg Dank schuldig sind. Obgleich sie wußte, daß wir sie verleumdet und ihrer Tochter viel Unrecht angetan hatten, nahm sie sich meines Tonis an, als er im Wald verunglückt war. Nur ihr ist es zu verdanken, daß er nicht verblutet ist. Und nicht nur das – während all der Wochen, seitdem er nun bei seiner Mutter liegt, hat sie ihn regelmäßig besucht, hat ihn gepflegt, hat ihm stärkende Speisen von der Pfleiderer Hannedore gebracht und sich um ihn gekümmert – wie kein einziger Mensch im Dorf.« Das Mädchen fing an zu weinen. »Was habt ihr für ihn getan? Geschimpft habt ihr über ihn und seine Fehler breitgetreten. Es stimmt, der Toni hat bis jetzt nicht viel Gutes in seinem Leben geleistet. Er war ja auch fast noch ein Kind, als er in den Krieg mußte, und dort hat er genau wie eure Söhne und Männer nicht viel Gutes gelernt.« Sie trocknete sich mit der Schürze die hervorbrechenden Tränen. Die Pause benutzte eine der Frauen, um ihr zu entgegnen:

»Na, hör mal, Frieda, jetzt stell dich nur nicht so erhaben über uns. Du bist wahrhaftig nichts Besseres als wir, und es ist ja wohlbekannt, daß auch du genügend Dreck am Stecken hast. So eine Wichtigtuerei! Die Fremde vom Berg wird wohl auch euch keine ihrer Wohltaten umsonst erweisen.«

»Ihr kennt sie eben nicht!« ereiferte sich jetzt Frieda aufs neue. »Wie eine Mutter hat sie mit mir geredet und mir gezeigt, wie man die alte Bruchbude, in der Tonis Mutter bisher gehaust hat, noch ganz wohnlich und heimelig herrichten könnte. Und dem Toni hat sie zugesprochen, den alten, verwilderten Garten hinter dem Haus neu zu bebauen. Ein Bienenhaus ist ja auch noch vorhanden. Da hinein werden wir Bienenvölker setzen. Wir sparen jetzt noch ein halbes Jahr fest, und dann wird geheiratet, auch wenn wir noch so armselig anfangen müssen. Ich selbst hab' auch noch ein Äckerlein von meiner verstorbenen Mutter; außerdem werden wir, der Toni und ich, nach unserer Hochzeit noch in Taglohn gehen, um zu etwas Geld zu kommen. Ja, ihr wußtet nur immer unsere Fehler hervorzuheben, jetzt endlich kommt auch einmal ein Mensch, der uns einen Weg aus dem alten Schlamassel zeigt«, ihre Stimme wurde leiser, »derselbe Mensch, dem wir so großes Unrecht angetan haben.«

»Mädel, du spinnst«, sagte die eine der Frauen und

nahm ihre Milchkanne von der Erde hoch, »ein Mundwerk hast du, wie geschmiert.« Die andere aber nickte mit dem Kopf und sah aus, als gäben die Worte Friedas ihr zu denken. »'s mag wohl sein, daß nur einmal einer kommen muß, der einem zurechthilft.« Darauf gingen sie ihrer Wege.

Einige Wochen später war es. Der Winter begann langsam zu weichen. Seufzend hatte Kathrin ihren Schlitten in der Bodenkammer verstaut. »Was kommt jetzt?« hatte sie mit verschränkten Armen die Schwester gefragt.

»Jetzt kommt der Frühling!« hatte diese geantwortet.

»Und die Schlüsselblumen?«

»Ja! Und Veilchen und Anemonen und noch viele, viele andere Blumen.«

Und eines Morgens rief Marienka aufgeregt und geheimnisvoll aus dem Stall: »Kathrin, Kathrin, komm schnell zu mir! Ich muß dir etwas Wunderschönes zeigen.« Und als die Kleine erwartungsvoll angesprungen kam, legte die große Schwester den Finger auf den Mund: »Still, hier liegen fünf, sechs, sieben, nein sogar acht ganz kleine Hasenkinder. Die sind in dieser Nacht auf die Welt gekommen.«

»Wo? Wo?« schrie Kathrin und zappelte ungeduldig mit Händen und Füßen. Marienka hob die Schwester hoch, so daß sie in den Hasenstall sehen konnte. »Wo denn? Ich sehe kein einziges, außer meinen beiden Mukkelchen.« Darauf zeigte die Schwester ihr, daß die Haseneltern, denn Kathrins Angorahasen waren nun Vater und Mutter geworden, sich vorsorglich ein warmes Nest aus Heu gebaut hatten, und dort, warm und mollig zugedeckt, lagen nun die acht neugeborenen Hasenkinder. Jetzt hatte die Kleine sie entdeckt.

»Aber sie sehen gar nicht so schön aus wie die Mukkelchen«, sagte sie enttäuscht. »Sie sind ja ganz nackt.«

»Ihre Haare wachsen noch«, tröstete die Schwester. Aber sie erlaubte Kathrin nicht, die kleinen Häschen anzufassen. »Dazu sind sie noch zu klein«, erklärte sie.

Nun rannte Kathrin ins Haus und hinein zu Tante Hannedore. Ihre Stimme überschlug sich. Sie konnte die Neuigkeit gar nicht schnell genug verkünden. »Tante Hannedore, denk dir nur, ein Vater und eine Mutter und acht Kinder und noch ganz nackt und keiner hat vorher was davon gewußt!« Es dauerte eine Weile, bis die Blinde erfaßte, wovon die Rede war. »Oh, was wird Elvira sagen, wenn sie es erfährt?« jubelte das Kind. »Übrigens kommen doch jetzt bald die Schlüsselblumen. Dann darf sie doch kommen! Nicht wahr, Tante Hannedore, du hast mir doch erlaubt, daß Elvira uns hier auf dem Grünberg besuchen darf. Sie freut sich schon so sehr darauf. Wie lange darf sie bleiben? Hundert Wochen oder tausend?«

»O du kleiner Sonnenschein«, erwiderte die Tante und zog das quicklebendige kleine Ding an sich. »Laß deine Elvira nur erst einmal kommen; wenn es ihr bei uns gefällt, darf sie so lange bleiben, wie sie will.«

»Dann bleibt sie sicher für immer hier bei uns, denn nirgends ist es schöner als auf dem Grünberg.« In diesem Augenblick betrat Frau Pächter mit Marienka das Zimmer. Sie hörten gerade noch Kathrins letzte Worte. Die große Schwester entrüstete sich darüber. »Aber Kathrin, denkst du nicht mehr an Markeden? Hast du unser liebes Heimatdorf schon ganz vergessen?«

Das Kind blickte ziemlich ratlos von einem zum anderen. Sie war sich nicht bewußt, etwas Unrechtes gesagt zu haben. Die Mutter beruhigte sie. »Mach kein so ängstliches Gesicht, mein kleines Dummerle. Freue du dich ganz bewußt an all dem Schönen, was dir geboten wird. Und du, Marienka, sei froh, daß dem Kind der Jammer unserer Heimatlosigkeit noch nicht so zum Bewußtsein gekommen ist, wie wir ihn erlebt und durchlitten haben. Und außerdem können wir ja nie genug dafür danken, daß unsere gute Tante Hannedore uns so liebevoll aufgenommen hat, uns, die Heimatlosen.«

Einige Tage später stieg ein Mädchen langsamen Schrittes hinauf auf den Grünberg. Immer wieder blieb sie stehen, als fiele ihr der Aufstieg schwer, und manchmal seufzte sie, als trüge sie eine schwere Last, obgleich sie nur einen Henkelkorb am Arm trug. Sie waren gerade beim Vier-Uhr-Vesper im Haus der Hannedore Pfleiderer, als Frieda an die Tür klopfte. Es war das erste Mal, daß sie das Haus betrat, seit sie entlassen worden war.

Nun stand sie in großer Verlegenheit in der Küche und wußte zuerst kaum ein Wort herauszubringen. Frau Pächter lud sie ein, mit zum Tisch zu kommen, und bot ihr Brot und Süßmost an. Aber sie schüttelte den Kopf. Marienka war bei ihrem Eintritt hochrot geworden. Der alte Groll stieg heiß in ihrem Herzen hoch. Und nun lud die Mutter dieses heuchlerische Ding auch noch zum Essen ein. Erst als der Knecht umständlich aufgestanden war und die Küche verlassen hatte, trat sie näher. Sie kämpfte mit den Tränen, blickte aber niemand anders als Frau Pächter an, als sie sagte: »Es hat mir keine Ruhe gelassen, ich mußte kommen und das in Ordnung bringen. Hier sind die Eier. Ich war es, die der Marienka damals unrecht getan und ihr das Leben schwer gemacht hat – und – und – es hat natürlich mit den Eiern nicht gestimmt. Ich habe sie veruntreut, und nun läßt es mir Tag und Nacht keine Ruhe, seitdem sie, Frau Pächter, sich um den Toni und mich so angenommen haben.« Nun trat Frieda zu Marienka und streckte dieser bittend die Hand hin: »Dir hab' ich am meisten Leid zugefügt. Ich weiß, du zürnst mir sehr, und du hast wahrhaftig Grund dazu. Aber ich möcht' dich bitten, verzeih mir, was ich dir angetan habe!«

Marienka vermochte den Blick nicht vom Boden zu erheben. Ihre Arme hingen wie leblos zu beiden Seiten herab. Sie nahm die dargebotene Hand Friedas nicht an. Einen kurzen Augenblick herrschte ein beklemmendes Schweigen in der Küche. Dann sprang Kathrin, obwohl sie die Lage nicht verstehen konnte, mit einem Satz zu Marienka, stieß ihr die Faust in die Seite und rief: »Siehst du denn nicht, daß sie dir ›Grüß Gott‹ sagen will? So gib ihr doch die Hand, du Dumme!«

Aber auch jetzt rührte Marienka sich nicht. Frieda ließ nun auch ihre Hand sinken. Ratlos schaute sie Frau Pächter an und sagte: »Ich hab' mir's gedacht. Ich kann allerdings nichts anderes erwarten. Ich würde es an ihrer Stelle wohl auch nicht anders machen.«

Jetzt sprach Frau Marlene. In ihrer Stimme klang kein Vorwurf, aber ein geradezu erschütternder Ernst. »Marienka«, sagte sie, »von klein auf habe ich dich gelehrt, am Abend eines jeden Tages das Vaterunser zu beten. Wie willst du heute abend sprechen können: ›. . . und vergib uns unsere Schuld, wie auch wir vergeben unseren Schuldigern‹?«

Wieder herrschte für eine Weile größte Stille. Dann begann Marienka plötzlich bitterlich zu weinen. Frieda, nun selbst zu Tränen bewegt, ging aufs neue auf sie zu, und nun ergriff Marienka ihre Hand und sagte: »Verzeih auch du mir, daß ich so unversöhnlich war.«

Kathrin atmete erleichtert auf. Dann stürmte sie zu Tante Hannedore ins Zimmer und rief: »Sie verzeihen sich alle, und nun trinken sie Süßmost miteinander.«

Frieda blieb noch eine Stunde auf dem Grünberg. Sie besprach mit Frau Pächter ihre Hochzeit, die im Mai stattfinden sollte, und zu der sie diese sowie ihre beiden

Töchter einlud. Sie berichtete, daß es dem Toni jetzt wieder gut gehe. Er sei viel ruhiger und vernünftiger nach seinem Unfall geworden. Sein Bauer wolle ihn zwar nicht mehr als Knecht nehmen, aber das sei ihm gerade recht. So habe er Zeit, sich ans Ausbessern des Häuschens zu machen. Den Garten hinter dem Haus habe er bereits vom Unkraut befreit, und nun beginne er auch den Acker umzugraben. Sie selbst habe eine gute Bäuerin, und die habe ihr schon versprochen, ihr einige Stück Bettwäsche zu schenken. Sie und auch der Toni hätten gute Zuversicht, auch wenn sie ganz bescheiden anfangen müßten. Aus Friedas Worten sprach eine so große Freude, daß sie ansteckend wirkte. Frau Pächter versprach, ihr an ihrem Hochzeitstag wie eine Mutter zur Seite zu stehen, und auch Marienka nahm voller Interesse an dem Gespräch teil.

Eine Woche später schleppte Frieda sogar Toni auf den Grünberg. Er habe auch noch etwas gutzumachen, sagte sie an seiner Stelle. Er habe sich entschlossen, das Holz, das noch nicht gehackt ist, zu zerkleinern. Das wurde ihm gerne erlaubt.

Und nun stand der ehemalige Knecht auf dem Hof und spaltete mit einem Eifer Holz, daß es eine Freude war. Zwar hatte er noch kein einziges Wort gesprochen, und man war sich nicht klar, ob seine redegewandte Braut ihn zu dieser Tat der Reue nur überredet hatte oder ob er aus eigener Überzeugung handelte. Kathrin stand eine Weile schweigend neben ihm, wie immer beide Arme auf dem Rücken verschränkt, und schaute ihm sinnend zu. Obgleich ihre Mutter es zu verhüten suchte, daß in ihrer Gegenwart Dinge besprochen wurden, die die Kleine nichts angingen, kam es doch dann und wann vor, daß sie einen Brocken von einem Gespräch aufschnappte, das nicht ihr galt. So wandte sie sich jetzt an den Knecht und fragte mit ernstem Gesicht: »Du, Toni, willst du dich jetzt bessern?«

Er blickte von seiner Arbeit auf, stieß einen halbunterdrückten Fluch zwischen den Zähnen hervor, warf das Beil wutentbrannt auf den Hauklotz und lief davon. Kathrin starrte ihm sprachlos nach. Was hatte er nur? Warum lief er denn weg? Sollte sie die Mutter oder Marienka fragen? Aber da blieb Toni plötzlich stehen und kam mit langen wenn auch zögernden Schritten zurück. Einen Augenblick blickte er stumm auf das kleine Mädchen herunter. Dann spuckte er in die Hände, ergriff aufs neue das Beil, hieb wuchtig einen großen Holzscheit entzwei und sagte dann mit einem tiefen Seufzer zu Kathrin:

»Ja, ich will mich bessern!«

»Dann ist's gut«, erwiderte diese aus tiefer Überzeugung. »Und darum brauchst du nicht wegzulaufen. Hast du übrigens schon meine jungen Häschen gesehen? Nein? Dann komm nur gleich mal mit!«

Wenige Augenblicke später betraten die beiden Hand in Hand wie zwei gute Freunde den Stall, und Kathrin war glücklich, wieder einmal ihre Hasenkinder vorführen zu können. Gestern hatte sie der blinden Tante Hannedore einen nicht geringen Schrecken eingejagt, als sie dieser den ganzen Hasensegen auf die Bettdecke geschüttet hatte. Bestimmt, aber liebevoll verbat diese sich derartige Überraschungen. »Weißt du, Kind«, sagte sie, »es ist lieb von dir, daß du mich an deinen Freuden teilnehmen lassen willst, wenn aber auf meiner Bettdecke ein solches Gekribbel und Gekrabbel ist, so wird es mir, die ich die Tiere nicht sehen kann, doch recht ungemütlich.« Aber Kathrin zuliebe streichelte sie dann doch ein paar der kleinen Angorahäschen.

Und wieder fuhr eines Tages, und zwar an einem herrlichen Maiensonntag, Onkel Bruno mit seinem Auto vor. Er brachte seine Tochter Elvira auf den Grünberg, natürlich nicht ohne ihre Pflegerin, Schwester Elly. Sogar Tante Britta kam dieses Mal mit. Das war ein Jubel, als Kathrin Elvira entdeckte! Wie schade, daß sie immer noch nicht alleine gehen konnte. Wie wichtig wäre es doch jetzt gewesen, mit Kathrin überall hinzuspringen, in den Stall zu der Familie Muckel oder zu den kleinen Ziegenlämmern, die erst vor drei Tagen auf die Welt gekommen waren. Und die Kühe, die beiden Schweine, die Hühner und Enten und die jungen Gänschen – ach, das alles mußte Elvira unbedingt kennenlernen. –

»Wir bleiben jetzt einige Zeit hier oben bei euch«, tröstete Schwester Elly, »dann kannst du uns alles zeigen.« Später saßen alle in Tante Hannedores Zimmer gemütlich beim Kaffee.

»Wird es dir nicht zuviel sein«, fragte Onkel Bruno die Blinde, »wenn wir dir unser Töchterchen und Schwester Elly für einige Wochen hier lassen?« Aber Frau Pfleiderer wehrte ab. »Nein, Bruno, ich habe mich ja schon so auf Elvira gefreut. Kathrin hat mir so viel von ihrer Freundin erzählt, daß ich selbst ganz begierig war, sie kennenzulernen. Im Stübchen oben, es liegt direkt über meinem Zimmer, hat Marienka bereits alles vorbereitet.« Sie wandte sich an die Pflegerin. »Es ist zwar einfach, Schwester Elly, Sie werden Besseres gewöhnt sein, aber ich hoffe, daß Sie sich mit Ihrem Schützling bei uns hier oben dennoch wohlfühlen.«

»Oh, Frau Pfleiderer«, erwiderte diese, »Sie glauben nicht, wie sehr ich mich mit Elvira gefreut habe, hierher zu kommen. Übrigens bin ich auf dem Lande groß geworden. Meine Eltern haben auch eine kleine Landwirtschaft, so ist mir hier alles ganz heimatlich.«

Tante Britta warf ihr einen mißbilligenden Blick zu. Es war ihrer Meinung gar nicht nötig, daß Schwester Elly hier so frei davon redete, daß sie nur aus einfachen Verhältnissen stammte. Sie konnte es auch nicht unterlassen zu sagen: »Eigentlich wollte ich ja mit Elvira an die See fahren. Ich hatte mich schon in einem der besten Hotels angemeldet. Dann hat mir mein Arzt aber dringend eine Nervenkur verordnet. So mußte ich leider davon absehen. Und in das Sanatorium Hohentellstein kann ich Elvira nicht mitnehmen. Dort werden keine Kinder aufgenommen. Es ist mir natürlich eine rechte Sorge, ob der Aufenthalt hier das richtige für Elvira ist.«

»Aber natürlich ist der Grünberg das richtige«, unterbrach Onkel Bruno jetzt seine Frau. Er hatte wiederum Anlaß sich über diese überhebliche Art zu ärgern. »Ich bin überzeugt, daß die Atmosphäre dieses Hauses ausgezeichnet auf unser Kind einwirken wird, gewiß viel besser, als die eines Hotels, wo alles mehr oder weniger auf Wirkung abgestimmt ist.«

Nun wollte endlich auch Kathrin wieder einmal zu Wort kommen. »Und stell dir vor, Elvira«, berichtete sie und sprang voller Eifer von ihrem Stuhl auf, »nächste Woche ist Hochzeit. Dann sind wir eingeladen. Und du und Schwester Elly, ihr müßt auch mitkommen. Der Toni und die Friedel sind das Hochzeitspaar, und ich darf den Schleier tragen. Muttchen hat mir aus einem blumigen hellblauen Stoff ein Hochzeitskleid genäht. Tante Hannedore hat der Marienka das Geld gegeben, und sie hat den Stoff unten im Dorf gekauft.«

Nun wollte Onkel Bruno wissen, wer die Friedel und der Toni seien. Tante Hannedore berichtete voller Freude, welche Wandlung ihr früherer Knecht und seine Braut erlebt hatten und daß sie dies Frau Marlene zu verdanken hätten, die sich in wahrhaft mütterlicher Weise, vor allem aber in echt christlicher Gesinnung der beiden im Dorf wenig geachteten Menschen angenommen habe. Sie erzählte so lebendig, als habe sie alles selbst erlebt, während sie mit ihren blinden Augen gar nichts sehen konnte und sich mit dem begnügen mußte, was andere ihr berichteten.

Onkel Bruno freute sich über das Gehörte. Elvira aber saß mit strahlenden Augen da. Was für eine bezwingende Güte ging von dieser Tante Hannedore aus. Auf ihrem Gesicht lag kein Schatten der Unzufriedenheit oder Mißmut. Für jeden hatte sie ein gutes Wort und jedem brachte sie warmherziges Interesse entgegen. Unwillkürlich blickte Elvira vergleichend zu ihrer Mutter hinüber. Warum war diese nie wirklich froh, obgleich es ihr doch so gut ging? Waren es wirklich ihre Nerven? Frau Marlene sah den prüfenden Blick Elviras und glaubte, die Gedanken des Kindes lesen zu können. Und sie nahm sich vor, alles zu tun, was in ihrer Möglichkeit lag, um dem zarten Mädchen zu schönen, ungetrübten Ferientagen zu verhelfen.

Frau Britta aber wünschte, noch ein Wort zu der Hochzeit zu sagen. »Dabei hast du natürlich nichts verloren, Elvira. Wenn Tante Marlene mit ihren beiden Mädchen zur Hochzeit dieses verlotterten Knechtes gehen will, so ist das ihre Sache. Für dich kommt das aber nicht in Frage. Du weißt, wie anfällig deine Gesundheit ist; bei solchen Leuten fliegen ungezählte Bakterien in der Gegend herum. Wer weiß, was du dir dort alles holen kannst.«

»Was fliegt bei solchen Leuten herum?« wollte Kathrinchen wissen. Aber es nahm sich niemand Zeit, ihr zu erklären, daß die Tante Krankheitskeime meinte, denn Onkel Bruno machte der Sache ein Ende, indem er bestimmte: »Ich glaube, wir können in dieser Angelegenheit unserer guten Marlene volles Vertrauen entgegenbringen. Wenn sie der Meinung ist, daß es unserem Kind eine Freude macht, an der Hochzeit teilzunehmen, dann soll Schwester Elly ruhig mit ihr hingehen. Und wegen der Bakterien und anderer Gifte wollen wir uns nicht sorgen. So, jetzt bin ich dafür, daß wir uns das Zimmer ansehen, wo unser Fräulein Tochter wohnen wird. Du erlaubst doch, Tante Hannedore?« Und ohne weiter auf das beleidigte Gesicht seiner Frau einzugehen, wandte er sich an Marienka: »Komm, führe du uns hinauf.«

Elvira erlebte eine wunderschöne Zeit auf dem Grünberg und war überglücklich. Eine neue Welt ging ihr hier oben auf. Die Tiere im Stall, der Hahn auf dem Hof, der mit lautem und herrischem Kikeriki seine Hühnerschar regierte, die jungen Ziegenlämmer, die auf der Wiese so lustige Sprünge machten, daß die Kinder hell auflachten, das Melken der Kühe, die Arbeit auf den Wiesen, im Garten und auf dem Feld – das alles war für sie hochinteressant und ein sie immer wieder neu beglückendes Erlebnis. Für Schwester Elly war es gar nicht leicht, überall mit dem Rollstuhl hinzukommen, aber sie tat alles mit rührender Geduld, stets bemüht, ihrem Pflegling, den sie herzlich liebte, soviel Freude als möglich zu bereiten.

In großem Vertrauen schloß Elvira sich der blinden Tante Hannedore an. Oft saß das gelähmte Kind bei der Blinden, die in liebevoller, mütterlicher Weise mit dem Mädchen redete, über dessen junges Leben schon so viel Leid lag. Es verwunderte Frau Pfleiderer nicht, daß Elvira ihr gegenüber Fragen aussprach, die sie bisher keinem Menschen gegenüber gestellt hatte. »Warum kann ich nicht wie andere Kinder herumspringen? Warum muß ich auf so vieles verzichten, immer zusehen, wie andere sich ihrer gesunden Glieder freuen, wie sie Wanderungen machen, springen, tanzen und tollen? Wird das immer so in meinem Leben sein? Du allein kannst mir vielleicht die rechte Antwort geben, du, die du in ständiger Dunkelheit lebst und doch immer frohgemut und zufrieden bist.«

In feiner Weise gab Tante Hannedore Antwort. Sie versuchte, Elviras Gedanken auf die ewigen und bleibenden Werte hinzulenken. Zum erstenmal sprach jemand in dieser Weise zu dem aufhorchenden Kind von Gott, der der Vater aller Menschenkinder sei und Gedanken des Friedens mit ihnen habe, auch wenn er ihnen Leid schickt. Tante Hannedore erzählte, wie auch sie nicht immer mit ihrem Los zufrieden gewesen sei und wie es auch jetzt immer wieder Augenblicke für sie gäbe, wo sie schwer daran trage, blind und von dem äußeren Leben abgeschlossen zu sein, wie sie aber immer wieder still werde in dem Bewußtsein, daß Gott keine Fehler mache und daß vielleicht gerade das Schwere, was den Menschen auferlegt wird, sie wertvoll und segenbringend mache. Aufmerksam lauschte das gelähmte Kind diesen Worten. Es konnte zwar nicht alles verstehen, empfand aber, daß ein Friede, wie sie ihn in ihrem Elternhaus nicht kannte, die Tante umgab. Als diese dann davon sprach, daß kein Menschenleben ohne Last sei, horchte Elvira gespannt auf, besonders als Tante Hannedore auf Tante Marlene mit ihren Kindern hinwies, die doch auch durch so schweres Leid gehen mußten, nachdem sie die Heimat verloren und alles, was sie lieb hatten, zurücklassen mußten und dazu nichts von ihrem Vater wußten. Als Tante Hannedore auch noch auf die vielen tausend anderen, die durch den Krieg heimatlos geworden waren, hinwies, nickte Elvira eifrig. Ja, das verstand sie gut. Und im Vergleich zu diesen durfte sie nicht klagen. So waren die trauten Stunden am Bett der Blinden für das allem Guten aufgeschlossene Kind von großem Wert.

Während solcher Stunden konnte Schwester Elly sich freimachen. Dann saß sie wohl unter den Apfel- und Birnbäumen hinter dem Haus, die jetzt im schönsten Blütenschmuck prangten, freute sich an dem unbeschreiblich schönen Ausblick, den sie von hier oben genoß, las in einem Buch oder schrieb einen Brief. Wie dankbar war sie, daß sie mit dem ihr anvertrauten Kind diese herrliche Zeit auf dem Grünberg erleben durfte. Oft hatte sie unsagbar unter den Launen und Unzufriedenheiten der Frau Pächter in Stuttgart gelitten. Hätte sie nicht die feste Gewißheit gehabt, daß es eine ihr von Gott gegebene Aufgabe sei, das kranke Kind zu pflegen, sie hätte schon längst ihre Stellung gewechselt. Wie gut tat es ihr zu erleben, wie diese schlichten Menschen miteinander umgingen. Mit Freuden half sie auch öfters in der Landwirtschaft. Sie hatte ja im elterlichen Haus mithelfen müssen und war daher mit den Aufgaben des Landlebens vertraut. Sie freute sich schon jetzt auf die Zeit der Heuernte, ging auch zuweilen in den Stall und bat, beim Melken der Kühe helfen zu dürfen. Oft blickte sie sorgenvoll Frau Marlene an. Wie bleich und müde sah diese oft aus! Die Blinde konnte das natürlich nicht sehen, und Frau Pächter klagte nie. Aber ob die Arbeit hier oben nicht doch zu anstrengend für sie war? Oder ob sie sich zu sehr um ihren Mann und ihren Sohn grämte? Als sie nach dem Ergehen von Andreas gefragt hatte, war Frau Marlene sehr still geworden. Er habe wenig Zeit und müsse fleißig lernen. In seinen kurzen Briefen schreibe er aber immer, es gehe ihm gut. Irgendeine Not bedrückte das Herz dieser Frau, aber sie schien sie tapfer nach außen hin verbergen zu wollen.

Dann kam der Tag der Hochzeit. Die Dorfleute staunten nicht wenig, als mit Frau Pächter, die die meisten von ihnen wenigstens vom Sehen her kannten, und deren beiden Töchtern eine Krankenschwester zur Hochzeit kam, die ein reizendes Mädchen in einem Rollstuhl vor sich herschob. Aber Elvira sah heute keineswegs aus, als wünsche sie, bemitleidet zu werden. Das rosa Seidenbatistkleid stand ihr ganz entzückend. Wie Kathrin trug sie einen prächtigen Schlüsselblumenkranz im Haar. Ihre sonst so bleichen Wangen waren vor Erwartung gerötet. Es war die erste Hochzeit, die sie erlebte. Kathrin war schon seit Tagen ganz und gar aus dem Häuschen gewesen und verkündete jedem, der ihr über den Weg lief, das große Ereignis.

In rührender Weise nahm Frau Pächter sich der Braut an. Da diese keine Mutter mehr hatte und die wenigen Verwandten sich recht zurückhaltend oder unbeholfen zeigten, schmückte sie ihr das Kleid mit Myrten, ordnete Kranz und Schleier und fühlte so als einzige die Verantwortung, den Hochzeitstag der zwei jungen Menschen auch wirklich festlich zu gestalten. Die Feier im schlichten Dorfkirchlein war ernst und erhebend. Der junge Pfarrer, der aus dem Nachbardorf gekommen war, sprach in ernster Weise zu dem jungvermählten Paar davon, daß an Gottes Segen alles gelegen sei. Wie mancher ist arm bei großem Gut und wie mancher reich bei seiner Armut. Elvira, die ihrer Krankheit wegen und wohl auch, weil ihre Mutter keinen Wert darauf legte, noch nie in einer Kirche gewesen war, fand den Gesang, das Orgelspiel, die Hochzeitspredigt so schön und ergreifend, daß ihr die Tränen über das schmale Gesicht liefen. Schwester Elly blickte sie mehr als einmal besorgt an. Hoffentlich waren diese Eindrücke nicht zu viel für das zartbesaitete Kind!

Als man später gemütlich im kleinen Häuschen beisammensaß, das nun dem jungen Paar als Heimat dienen sollte, da war Elvira wohl eine der Fröhlichsten. Alle Anwesenden aber waren voller Staunen und Bewunderung. Was hatten Frieda und Toni aus der zerfallenen Hütte gemacht! Alle Schäden waren ausgebessert worden, die Wände waren geweißt, vor den winzigen Fenstern hatte Toni grünangestrichene Blumenkästen angebracht, in denen leuchtendrote Geranien blühten. Die alten, morschen Möbel waren ebenfalls repariert, zu ihnen hatten sich sogar einige schöne, wenn auch sehr einfache Stücke gesellt.

Es waren nur wenige Gäste geladen: ein paar aus der Verwandtschaft Tonis und ebenso einige von Friedas Angehörigen. Zuerst saß man etwas verlegen um die Festtafel, die Marienka mit Frühlingsblumen schön geschmückt hatte. Bald aber erschlossen sich die Herzen aller der Freude und der fröhlichen Geselligkeit. Interessant war es, am nächsten Tag die Dorfleute über die Hochzeit urteilen zu hören. Die Verwandten des jungen Paars hatten für Gesprächsstoff gesorgt.

»Habt ihr's schon gehört? Es soll ja ganz großartig gewesen sein.«

»Na, was hat's denn schon Besonderes gegeben?«

»Die Fremde, die Flüchtlingsfrau, soll für ein richtiges Festprogramm gesorgt haben.«

»Na, na, das wird schon was Rechtes gewesen sein!«

»Ihr kleines Mädel hat als Bäuerin verkleidet den Hochzeitlern Brot und Salz gereicht und ein nettes Gedicht von der Zufriedenheit aufgesagt. Und dann haben die drei Mädchen mit der Krankenschwester wunderschön gesungen. Und die stille Frau vom Grünberg, die vom Meeresstrand gekommen ist und auch alles verloren hat, soll eine so schöne und ernste Festrede gehalten haben, daß alle geheult haben. Und nachher haben sie gemeinsam Volkslieder gesungen und Gesellschaftsspiele gemacht. Die hat wohl die Krankenpflegerin angegeben. Nachher ist es noch arg froh und lustig zugegangen. Und nicht einer hat einen Rausch gehabt.«

»Na, das ist allerdings erstaunlich!«

»Nicht wahr! Das hat niemand erwartet beim Toni und der Friedel. Ich glaube, der Fremden auf dem Berg haben wir allerlei abzubitten. Die Hochzeitsgäste waren alle begeistert von ihr. Dabei ist sie so ein bescheidener und stiller Mensch. Aber sie hat was in sich!«

Auch Frau Pächter war von dem Verlauf der Hochzeit recht befriedigt. Am meisten freute sie sich darüber, zu sehen, daß sich das gespannte Verhältnis, das bisher zwischen den Dorfbewohnern und ihr, dem Eindringling in ihre Dorfgemeinschaft, sichtlich gebessert hatte. Unter nichts litt sie so sehr wie unter Disharmonien. Wenn sie nun schon hier unter diesen Menschen wohnen sollte, dann wollte sie als eine der Ihren, als ihre Freundin, aber niemals als nur Geduldete hier leben. Niemand ahnte, wie schwer es ihr gefallen war, vor den Hochzeitsgästen so aus sich herauszugehen, aber schließlich mußte doch jemand da sein, der die Aufgabe übernahm, den Tag festlich zu gestalten. Wie gut, daß es ihr gelungen war! Nun wollte sie sich auch weiterhin um Toni und Frieda kümmern. Es lohnte sich sicher. Wie dankbar waren die beiden schon jetzt!

Und nun folgte ein arbeitsreicher Sommer für die Leute auf dem Grünberg. Frau Pächter schaffte auf dem Land, das sie für die Blinde zu bebauen hatte, als wäre es ihr Eigentum. Keinen Augenblick dachte sie an eigenen Gewinn. Sie war so froh, daß sie eine neue Heimat gefunden hatte, und glücklich, daß sie gebraucht wurde, auch wenn die Arbeit oft weit über ihre Kraft ging.

Schwester Elly war mit Elvira sieben Wochen auf dem

Grünberg geblieben. Dem Kind hatte der Aufenthalt in der Höhenluft außerordentlich gut getan. Herr Pächter konnte seine Tochter nach dieser Zeit gekräftigt wieder in Empfang nehmen. Elvira vergoß heiße Tränen, als das Auto wieder fahrbereit vor dem Haus stand. Doch die Mutter wollte keinen Tag länger von ihrem Kind getrennt sein. So galt es, Abschied zu nehmen. Auch Kathrin empfand es schmerzlich und machte dem Onkel Vorwürfe.

»Elvira ist ja noch keine tausend Wochen da. Ich mußte damals bei euch in Stuttgart auch so lange aushalten, du hättest sie ruhig noch ein wenig bei uns lassen können.«

»Sie darf wiederkommen«, tröstete Herr Pächter. »Aber jetzt dürfen wir unsere Mutti nicht enttäuschen. Sie hat zu Hause schon alles zum Willkommen vorbereitet, auch einen herrlichen Nußring gebacken.« Das war natürlich Grund genug zur Heimreise. Und so blieb denen auf dem Grünberg nichts anderes übrig, als dem davonfahrenden Auto nachzuwinken.

Auch Schwester Elly gedachte gerne der Zeit im Hause der Blinden. Sie hatte Tante Hannedore und ebenso Frau Marlene schätzen und lieben gelernt. Herr und Frau Pächter hätten ihr keinen größeren Gefallen tun können, als daß sie mit Elvira die Wochen dort oben verleben konnte. Kein noch so vornehm eingerichtetes Hotel hätte ihr auch nur annähernd bieten können, was sie dort oben genossen und erlebt hatte. Trotz aller Einfachheit, die auf dem Grünberg zu Hause war, hatte sie die Zeit dort oben als eine Bereicherung in ihrem Leben empfunden.

Frau Marlene und Marienka standen zu den Dorfbewohnern in einem guten Verhältnis. Es konnte natürlich nicht verborgen bleiben, daß die beiden da oben fleißig schafften. Manch eine der Bauersfrauen ließ sich von Frau Pächter unbekannte Kochrezepte geben, und diese wiederum nahm gern den Rat der Landfrauen an, den sie ihr auf anderen Gebieten geben konnten. Marienka hatte auch unten im Dorf eine nette Freundin gefunden, die sie manchmal auf dem Grünberg besuchte oder zu der sie dann und wann hinunter ins Dorf ging.

So war manches geschehen, was alle, Einheimische und Zugezogene, nur erfreuen konnte, wenn nur Frau Marlene nicht mit steigender Besorgnis das Schwinden ihrer Gesundheit gespürt hätte. Nie hätte sie geklagt. Wohl fragte die Blinde immer wieder: »Du denkst doch auch an deine Gesundheit, Marlene?«, aber sie konnte ja nicht sehen, daß Frau Pächter immer schmaler und bleichwangiger wurde. Marienka fragte die Mutter zwar des öfteren: »Fühlst du dich nicht wohl, Muttchen? Du siehst gar nicht gut aus!« Aber Frau Pächter sah die Fülle der Arbeit in Haus und Stall, im Garten und auf dem Feld. Von ihrem heimlichen Kummer sprach sie zu niemand. Aber er zehrte an ihrer Kraft. Andreas war noch immer nicht auf dem Grünberg gewesen. Immer wieder wußte er Gründe für sein Fernbleiben anzugeben. Die Mutter zweifelte nicht daran, daß sie berechtigt waren. Einmal stand er vor einer Prüfung, ein anderes Mal hatte gerade ein wichtiger Kurs begonnen, und er konnte keine der Unterrichtsstunden versäumen, ein drittes Mal wünschte der Onkel, daß er einige Vorträge besuchte, die für seine Zukunft wichtig waren. Onkel Bruno hatte eingewilligt, daß Andreas noch ein weiteres Jahr in Frankfurt bliebe, bevor er endgültig in seine Fabrik eintreten sollte. Frau Marlene wollte gewiß keine persönlichen Ansprüche stellen, aber oft war ihr doch recht bange im Gedanken daran, daß ihr Sohn sich ihr entfremden könnte. Es war nur gut, daß die viele Arbeit sie nicht dazu kommen ließ, sich allzu sehr in sorgenvolles Grübeln zu verlieren. Von ihrem Mann war noch kein Lebenszeichen gekommen. Ob er wirklich nicht mehr am Leben war? Immer wenn irgendwo in der Nachbarschaft ein Heimkehrer aus der Gefangenschaft kam, begann das kleine Hoffnungsflämmlein in ihrem Herzen aufs neue zu flakkern. Ach, wenn sie es doch noch erleben dürfte, daß die ganze Familie wieder vereint sein würde! Wenn sie dann auch auf ihr Häuschen und überhaupt auf die alte, liebe Heimat verzichten mußte. Gott wußte, warum er das alles zugelassen hatte. Aber wenn er sie alle noch einmal zusammenführen würde – zu schön wäre das! Aber mußten nicht ungezählte Frauen nach diesem traurigen Krieg auf ihre Männer, auf ein geordnetes Familienleben verzichten und sich allein mit ihren Kindern durchschlagen? Viele hatten sogar ihre Kinder auf der Flucht verloren. Nein, sie wollte nicht klagen. Immer wieder fand sie Grund zum Dank. So versuchte die tapfere Frau immer wieder, die schweren Gedanken abzuschütteln und sich an dem Guten, das ihr geblieben war, zu freuen.

Im Herbst kam für Kathrin ein ereignisreicher Tag, dem sie schon lange in fieberhafter Erwartung entgegensah. Sie kam in die Schule. An der Hand ihrer Mutter stapfte sie aufgeregt den weiten Weg hinunter ins Dorf. Außer ihr gingen noch zwei weitere Kinder vom Grünberg zur Schule. Frau Pächter war auf dem Weg recht schweigsam. Nun begann für ihr jüngstes Kind ein neuer Lebensabschnitt. Um so mehr plapperte Kathrins kleines, sehr lebendiges Mundwerk.

»Der Lehrer wird sich freuen, daß ich komme! Aber Muttchen, ich kann doch noch gar nicht lesen und schreiben. Was soll ich denn da in der Schule?«

»Deswegen gehst du ja hin, kleiner Spatz, damit du es lernst.«

Hundert Fragen stellte das Kind, und jedem Menschen, der ihnen begegnete, rief sie schon von weitem zu: »Ich komme heute zur Schule. Ich bin jetzt ein Schulkind!« Im Klassenzimmer angekommen, flog sie zum Erstaunen aller anwesenden Mütter und zum Entsetzen der anderen Kinder dem Lehrer um den Hals und rief: »Jetzt bin ich da, Herr Lehrer, freust du dich?« Glücklicherweise hatte er Verständnis für das stürmische kleine Mädchen und sagte: »Aber selbstverständlich freue ich mich, daß du da bist, Kathrin. Sieh, dort in der dritten Bank ist dein Platz. Die Lore Heininger freut sich auch schon auf dich.« Und schon lagen sich die beiden Abc-Schützen in den Armen. Kathrin kam begeistert vom ersten Schultag nach Hause. Auf dem Heimweg machte sie noch einen Abstecher bei Toni und Frieda, um auch diesen die aufregende Neuigkeit zu verkünden, daß sie jetzt Schulkind sei. Und »Toni«, fuhr sie in bestimmtem Tone fort, »wenn es sehr regnet oder im Winter schneit, dann kann ich natürlich den weiten Weg nicht zweimal machen. Dann bleibe ich bei euch, und Friedel muß Dampfnudeln machen, weil ich ja nicht verhungern kann, bis ich wieder auf dem Grünberg ankomme.«

Die beiden freuten sich über die Aussicht, die Kleine, die sie sehr ins Herz geschlossen hatten, dann und wann bei sich zu sehen, und Toni meinte: »Hoffentlich regnet und schneit es oft!« Frieda versprach, ihr Möglichstes zu tun; wenn es auch nicht jedesmal Dampfnudeln gebe, so wolle sie sich doch immer auf recht gute Dinge besinnen.

Oft gab das Kind der ganzen Schule Gelegenheit, herzhaft zu lachen. Zum Beispiel am dritten Tag, als sie mitten in der zweiten Stunde plötzlich ihre Sachen zusammenpackte, aus ihrer Bank heraus und zur Türe ging und erklärte: »Ich hab' jetzt genug. Ich geh' jetzt zu meinem Muttchen.« Und als der Lehrer ihr zu verstehen gab, daß das nicht anginge, begann sie bitterlich zu weinen und rief ganz verzweifelt aus: »Ich weiß doch gar nicht mehr, wie meine Mutter aussieht.«

An einem anderen Tag schleppte sie, natürlich wieder ohne zu fragen, vier von ihren kleinen Hasen mit in die Schule und setzte sie dem Lehrer auf das Pult, der nicht wenig verdutzt dreinschaute und über die darauffolgende Hasenjagd im Klassenzimmer wenig erfreut war.

Ein anderes Mal ließ sie ihre Schultasche zu Hause und brachte ihre Puppe mit, weil sie heute lieber spielen als lernen wollte.

»Aber dieses Jahr muß ich zu Weihnachten zu meiner Mutter und den Schwestern!« Andreas Pächter stand am Fenster seines Zimmers in dem herrlich eingerichteten Hotel »Hohen Ifen« im Kleinen Walsertal. Seit einer Woche war er mit seinen beiden Freunden im Gebirge zum Skilaufen. Der Onkel hatte ihm eine tadellose Skiausrüstung gekauft, und niemand, der den jungen, jetzt achtzehnjährigen Andreas sah, vermutete in ihm den Sohn der einfachen Leute aus dem Fischerdorf Markeden. Wohlerzogen und gewandt bewegte er sich in der Hotelhalle oder in dem prächtigen Speisesaal zwischen den festlich gekleideten Herren und Damen. Durch seine Bescheidenheit und durch sein taktvolles Benehmen fiel er überall angenehm auf.

Nachdem er in den letzten Monaten sehr fleißig gearbeitet hatte, wollte der Onkel ihm eine Belohnung geben und ließ ihn mit seinen beiden Söhnen für einige Wochen ins Kleine Walsertal reisen.

Es war inzwischen November geworden. Andreas erlebte den Winter in den Bergen in nie geahnter Pracht. Wie war das schön, wenn sich ein klarblauer Himmel über den Bergen wölbte. Wie rein und unverbraucht war hier die Luft und wie bezaubernd die Landschaft! Immer aber war es so, daß Andreas bei allem Schönen, das er erlebte, den Wunsch hatte, seine Leute möchten es mit ihm genießen können. Wohl hatte er in den letzten Monaten recht selten an die Mutter geschrieben. Er klagte sich deshalb selber an, und jetzt, wo er sinnend am Fenster seines Hotelzimmers stand, nahm er sich fest vor, in den nächsten Tagen ausführlich nach Hause zu schreiben und auf alle Fälle Weihnachten mit der Mutter und den Schwestern zu verbringen. Nach Hause? – wiederholte er noch einmal in Gedanken, und auch sein Herz durchzog Wehmut. War der Grünberg denn sein Zuhause? Er kam ja nur zum Besuch dorthin. Und Stuttgart? Ja, der Onkel war immer sehr gütig zu ihm, wie ein Vater, und er, Andreas, wußte ja genau, welch großzügige Zukunftspläne er für ihn hegte. Aber zu Hause? Würde er sich im Hause der unnahbaren Tante je daheim fühlen? Seine Freunde, mit denen er hier diese herrlichen Tage sorgenlos im Gebirge zubringen durfte, und ihre Eltern bemühten sich täglich, ihm zu zeigen, wie sehr es ihnen ein Anliegen war, daß er sich bei ihnen wohlfühle. Nein, er hatte wahrlich keinen Grund zu klagen. Wehe, wenn er all die ihm entgegengebrachte Güte nicht dankbar empfinden und schätzen wollte! Wie viele andere Flüchtlinge gab es, die einen unbeschreiblich schweren Lebenskampf kämpften. Unverdient gut ging es ihm! Das empfand er in diesem Augenblick deutlich. Und daher fühlte er es auch als Schuld, daß er sich in letzter Zeit so wenig um seine Mutter und die Geschwister gekümmert hatte. Wie mochte es der Mutter gehen? Ihre Gesundheit war zart. Wie wenig wußte er im Augenblick eigentlich von ihr! Und der Vater! Andreas errötete vor sich selber, obwohl er ganz allein im Zimmer war. In den letzten Wochen hatte er kaum oder nur ganz flüchtig an ihn gedacht. Wer weiß, ob er nicht doch noch lebte, vielleicht in schwerer Not. Vielleicht war er unterwegs, denn immer wieder hörte man ja von der Heimkehr Gefangener. Es kam ihm zum Bewußtsein, daß er Mutters liebevolle Ermahnung vergessen hatte. »Laß keinen Tag vergehen, ohne für unseren guten Vater gebetet zu haben«, war eines ihrer letzten Worte gewesen, als er von ihr Abschied nahm. Treulos hatte er gehandelt. Nur an sein eigenes Vergnügen hatte er gedacht. All dies fiel mit ungeahnter Macht über den Jungen und klagte ihn an.

Jetzt wurde die Tür aufgerissen. Die beiden Freunde stürmten herein. »Mensch, Andreas, hast du vergessen, daß wir auf dich warten? Da steht er nun und stiert Löcher in die Luft. Was grübelst du denn schon wieder? Auf! Wenn wir jetzt nicht losgehen, kommen wir heute nicht mehr zu den Schafalpköpfen hinauf.«

Andreas hatte sich langsam den Freunden zugewandt. »Geht heute bitte allein. Ich muß einen Brief an meine Mutter schreiben. Ich hätte es längst tun sollen.«

»Sag mal, bist du krank?« fragte der ältere der beiden Brüder. »Du siehst so – so – ich weiß nicht wie aus. Fehlt dir was?«

Andreas schüttelte den Kopf. »Nein, ich bin nicht krank. Aber es läßt mir keine Ruhe mehr. Ich muß heute schreiben. Vielleicht komme ich euch nach. Ich weiß ja, wohin ihr wollt. Und wenn wir uns nicht treffen, dann kommen wir ja heute abend wieder hier im Hotel zusammen. Nehmt mir's nicht übel, aber ich kann heute nicht mit.«

Als die Freunde merkten, daß sie ihn nicht überreden konnten, zogen sie, wenn auch mit Bedauern, ohne ihn los.

Gleich darauf holte Andreas seine Schreibmappe hervor und begann, an seine Mutter zu schreiben. Er empfand es selber: so herzlich und eingehend hatte er brieflich schon lange nicht mehr mit ihr gesprochen. Und erst mündlich? Nein, es war nicht recht, daß er sie so lange nicht besucht hatte. Warum wurde er heute die Unruhe nicht los?

Es wurde ein langer Brief. Er machte sich fertig, um ihn gleich zur Post zu bringen. Ob er dann seine Skier nehmen sollte, um die Freunde zu suchen? Er hatte nicht viel Lust dazu. Lieber wollte er einen Weg für sich alleine machen.

Eine halbe Stunde später stieg er aufwärts. Der Schnee lag hoch. Es war schlecht vorwärts zu kommen. Aber wunderschön war der Tag, die Luft so klar und rein, die Stille ringsumher wohltuend. Von den Berghängen tönte das Jauchzen der Skiläufer. Weiter unten fuhren Kinder Schlitten. Je höher Andreas stieg, desto stiller und desto schöner wurde es. Tief empfand er diese Ruhe. Die letzten Wochen hatten viel Unruhe gebracht. Er besuchte neben der Schule Konzerte, das Theater und sah auch etliche gute Filme. Neben Kursen in der Volkshochschule bekam er nach des Onkels Wunsch noch Privatstunden in Englisch und Französisch. Es war fast mehr, als er verkraften konnte. Aber er fühlte sich denen gegenüber, die soviel für ihn taten, verpflichtet.

Immer höher stieg er. – Aufatmend stand er still. – Er hatte eine Richtung eingeschlagen, die ihm ganz unbekannt war. Immer wieder aufs neue mußte er die Schönheit dieser wunderbaren Welt bewundern. Majestätisch ragten die Bergriesen in den blauen Himmel. Andreas blieb einen Augenblick stehen. Nicht weit entfernt stand ein kleines Bauernhaus, in der Art, wie sie hier im Gebirge üblich waren. Das von Wind und Wetter im Laufe der Zeit tief gedunkelte Holzhaus lehnte mit der Rückseite an eine Felswand. Es trug eine tiefherabhängende Schneemütze. Eben wurde die Stalltür von innen aufgestoßen. Ein etwa siebzehnjähriges Mädchen trug zwei Eimer Milch heraus. Einen Augenblick schien sie geblendet. Die Sonne ließ die weite Schneefläche wie mit Diamanten bestreut erglitzern. – Plötzlich spiegelte sich fragendes Staunen, dann aber beglückende Gewißheit auf dem Gesicht des Mädchens. Es stellte die Eimer auf die Erde und eilte auf den jungen Mann zu, der in Gedanken versunken am Wege stand.

»Andreas! Andreas! Bist du es denn wirklich? Andreas Pächter, wie kommst du hierher?«

Andreas war erschrocken zusammengefahren. Er kannte doch niemand aus dieser Gegend. Was wollte dieses Mädchen von ihm? Und woher kannte sie ihn?

Als sie aber mit vor Erregung hochgeröteten Backen vor ihm stand, erkannte er plötzlich in ihr eine ehemalige Schulkameradin aus Markeden, Ulrike, die Lehrerstochter. –

»Ulrike, du hier?« Er starrte sie sprachlos an. Dann nahm er ihre Hände und freute sich über dies unerwartete Wiedersehen ebenso herzlich wie sie. »Mädchen, wie kommst du hierher? Was tust du hier? Wo sind deine Eltern? Wie ist es euch ergangen?«

Keine der aufgeregt hervorgestoßenen Fragen vermochte das Mädchen zu beantworten. Sie begann bitterlich zu weinen.

Erschrocken stand Andreas vor ihr. Das war ein so wehes und aus der Tiefe kommendes Schluchzen, daß dem Jungen das Herz weh tat. In unbeholfener Scheu strich er ihr über das Haar. »Weine nicht, Ulrike! Schau, wir wollen uns freuen, daß wir uns getroffen haben. Und nun komm, erzähle mir alles, was du erlebt hast. Wohnst du dort in dem Haus? Ist deine Mutter auch dort?«

»Tot ist sie«, schluchzte das Mädchen, »der Vater ist umgebracht worden, die Mutter auf der Flucht gestorben. Aber komm, laß uns hineingehen. Meine Bäuerin ist heute ins Tal hinuntergegangen. Die kommt vor Abend nicht heim. Ich habe Zeit. So können wir uns alles in Ruhe erzählen.« Wieder begann sie zu weinen. »Oh, Andreas, Andreas, du bist der erste Mensch, den ich seit all diesen Monaten aus der Heimat sehe.« Während ihr die Tränen wie eilige Wasserbächlein über das Gesicht rannen, nahm sie Andreas bei der Hand und zog ihn mit sich ins Haus. Es war eine geräumige, saubere, aber sehr einfache Bauernstube, in der sie jetzt auf der Bank des großen, gekachelten Ofens Platz nahmen. In der Ecke an der Wand war ein Kruzifix angebracht. Daneben hingen einige bunte Heiligenbilder, und ein Becken mit Weihwasser befand sich neben der Tür. Es war eine echte Walsertaler Stube, mit dem buntbezogenen Bett neben dem Ofen, der Wandbank und dem schweren Tisch vor demselben. Handgewobene Teppiche, aus alten Flickresten gearbeitet, deckten den sauberen, rohen Fußboden. In der einen Zimmerecke stand ein Kübel an der Wand. Aus dem wuchsen die zartgrünen Ranken eines kräftigen Efeustocks empor und schmückten die hölzernen Wände und das Deckengebälk in eigenartiger Weise. Die kleinen Fensterchen waren mit buntkarierten Vorhängen versehen, und zwischen den Doppelscheiben war grünes Moos gelegt.

»Wie schön ist es hier!« sagte Andreas, nachdem er sich umgesehen hatte. »Und nun erzähle mir, wie du hierher gekommen bist.«

Und das Mädchen berichtete: »Wir flüchteten, wie du weißt, am gleichen Tag wie ihr. Bald aber wurden wir getrennt. Schon in der zweiten Woche erkrankte Mutter an Typhus und starb. Vater war mit einigen anderen Männern noch einmal ins Dorf zurückgekehrt, weil es plötzlich hieß, der lahme Bartel sei mutterseelenallein in seinem Häuschen zurückgeblieben. Den wollten sie holen. Dabei wurden sie überfallen und getötet. Einer der Männer konnte flüchten, und durch ihn erfuhren wir es. Diese Nachricht hatte meiner Mutter den letzten Rest gegeben. Ach Andreas, ich wünschte damals, auch sterben zu können. Ich war ja nun ganz allein. Wie oft habe ich es mir seitdem gewünscht. Ob du dir vorstellen kannst, wie es einem zumute ist, wenn man unter lauter fremden Menschen einer ungewissen Zukunft entgegengeht? Ich weiß nicht, wie es kam: Beim Transport wurde ich plötzlich von unseren Dorfleuten getrennt, geriet unter andere Flüchtlinge und kam nach vielen Irrfahrten hierher nach Bayern. Begreifst du, Andreas, daß mir diese Riesenberge zuerst Grauen einflößten? Unheimlich kamen sie mir vor, und das Donnern der Lawinen erinnerte mich immer irgendwie an das Getöse bei den Luftangriffen. Die Weite unserer heimatlichen Landschaft fehlte mir, vor allem das Meer. Jetzt fange ich langsam an, auch die Schönheiten der Bergwelt zu sehen. Wie oft hat mein Vater vom Gebirge erzählt und so sehr gewünscht, es noch einmal in seinem Leben sehen zu können. Er war nämlich in seiner Jugend einmal in der Schweiz, im Berner Oberland. Nun bin ich hier, mitten in der Bergeinsamkeit, allein, so schrecklich allein. Weißt du, Andreas, was das heißt, so mutterseelenallein zu sein?«

Wieder konnte Ulrike vor Weinen nicht weitersprechen. Bis in die Seele erschüttert hatte Andreas ihrem Erzählen gelauscht. Was hatte das arme Ding durchgemacht! Dabei war Ulrike so zart. Sie war immer die beste Schülerin in der Markedener Schule gewesen. Er sah sie noch vor sich, wenn sie vor der Klasse stand, die langen schwarzen Zöpfe über dem Rücken hängend, in ihrem bunten Waschkleid, und mit leuchtenden Augen sagte sie ohne Stocken die längsten Gedichte auf. Im Gedanken daran, daß die anderen Mitschüler ihn, den besten Schüler auf der Seite der Jungen, geneckt hatten, sie beide gäben einmal ein schönes und gescheites Paar, mußte er beinahe lächeln. Aber nein, zu lächeln gab es jetzt wahrlich nichts. Da saß die Gespielin seiner Kindheit und war so unglücklich und verlassen, wie ein einsamer Mensch nur sein kann.

Ulrike hatte sich wieder gefaßt und fuhr fort: »Und du, Andreas, bist nun der erste Mensch, den ich aus der Heimat nach so langer Zeit treffe. Sag, wie kommst du hierher? Wohnt ihr, deine Mutter mit Marienka und Kathrinchen, hier in der Nähe? Und wie fein du aussiehst! Es muß euch doch sehr gut sehen. Ist euer Vater zurückgekehrt? Oder ist er auch tot? Vor allem aber sage mir, wie geht es deinem Muttchen? Sie war doch nach dem Tode deines kleinen Bruders immer leidend!«

Ob Ulrike sah, wie Andreas errötete? Er schämte sich, schämte sich bis tief in seine Seele angesichts des jungen Mädchens, das da in einem ärmlichen, vielfach geflickten Kleid vor ihr saß. Die schönen Zöpfe hatte Ulrike wie eine Krone um den Kopf gelegt. Sie blickte noch aus denselben großen, rehbraunen Augen wie damals, aber unendlich traurig. Alle Freude schien in ihnen erloschen zu sein. Und es war ihm, als müsse er diesem Mädchen eine Beichte ablegen. Wie besorgt fragte sie nach seiner Mutter, und er – er hatte sich in letzter Zeit so wenig um sie und die Schwestern gekümmert! Ehrlich, wie er nun einmal war, berichtete er wahrheitsgetreu von allem Erlebten, erzählte aber auch, was ihn gerade im Augenblick stark bewegte.

Ulrike sah ihn aus beinahe entsetzten Augen an. »Was, Andreas, du warst so lange nicht mehr bei der Mutter? Und kannst mir nicht einmal sagen, wie es ihr geht? – Oh, Andreas, was gäbe ich darum, noch bei meiner Mutter sein zu können! Nie, nie würde ich sie verlassen, und wenn ich bei Wasser und Brot mit ihr leben müßte.«

Und dann erzählte sie von den Leuten, bei denen sie Aufnahme gefunden hatte. »Sie sind nicht unfreundlich zu mir, aber eben so ganz anders, als Vater und Mutter waren. Du siehst ja, es ist sauber bei uns. Ich habe auch genug zu essen. Geld bekomme ich nicht für die Arbeit, das haben die Leute selbst nicht genug. Aber die Frau gibt mir von ihren getragenen Kleidern, was sie entbehren kann. Beide, der Mann wie auch die Frau, sind sehr schweigsam. Die einzige Freude, die ich habe, ist das kleine Kind. Es schläft jetzt gerade hier nebenan in der Kammer. Aber einmal ein Buch zu lesen oder sonst über irgendwelche wertvollen Dinge zu reden, kennt man nicht. Die Leute dieser Gegend sind alle katholisch. Bis zur nächsten evangelischen Kirche müßte ich stundenlang gehen. Unser Haus liegt auch so weit abseits. So habe ich keinerlei Anschluß, keine Verbindung. Das kannst du glauben, Andreas: Ich frage mich manches Mal, was denn weiter aus mir werden soll. Ich kann hier oben doch nicht völlig verkümmern!«

Andreas faßte erneut nach ihrer Hand. »Nein, Ulrike, das sollst du auch nicht. Das will ich dir versprechen. Ich weiß zwar im Augenblick noch nicht, was ich für dich tun und wie ich dir helfen kann, aber ich will an Muttchen schreiben, und du sollst von mir hören. Hab' noch ein wenig Geduld. Nein, Ulrike, es soll nicht vergeblich gewesen sein, daß wir uns hier getroffen haben.«

Da lehnte das verlassene Mädchen den Kopf an seine Schulter und sagte schluchzend: »Das ist der erste Freudentag, den ich nach meiner Mutter Tod erlebe. O Muttchen, Muttchen, wenn du wüßtest, wie es deinem Kind ergangen ist! Andreas, ich möchte dir nur sagen: Kümmere dich, so lange du kannst, um deine liebe Mutter. Es ist das Allertraurigste, keine Mutter mehr zu haben.«

Noch lange saßen die beiden jungen Leute beieinander. Mittag war längst vorüber. Sie verspürten keinen Hunger. Endlich erhob sich Andreas. »Ich muß gehen, Ulrike!« Sie aber klammerte sich an ihn.

»Nein, Andreas, nein, du darfst nicht schon wieder fort, jetzt, da ich endlich einen Menschen aus der Heimat gefunden habe.« Sie zitterte am ganzen Körper. Voller Mitleid blickte der Junge sie an. Was mußte das arme Ding durchgemacht haben, daß es so aufgewühlt war.

»Wir sind ja noch gut zwei Wochen hier«, sagte er, »und ich verspreche dir, daß ich dich bald wieder besuche, vielleicht schon morgen.«

Jetzt leuchteten Ulrikes Augen auf. »O ja, Andreas, komm morgen wieder. Dann habe ich doch etwas, worauf ich mich freuen kann.« Sie begleitete ihn darauf ein ganzes Stück talwärts. Immer wieder reichte sie ihm die Hand. Sie weinte aufs neue. »Andreas, vergiß nicht, du hast versprochen, morgen wiederzukommen.« Lange noch stand sie auf dem Weg und winkte ihm nach. Arme kleine Ulrike! dachte Andreas.

Aber Ulrike wartete am nächsten Tag vergeblich auf den Besuch Andreas'. Sie war schon am frühen Morgen vor das Haus geeilt, als müsse er unbedingt schon um diese Zeit kommen. Den ganzen Tag war sie voll froher Erwartung. Es wurde Mittag, es wurde Abend, Andreas kam nicht. Sie blieb lange auf. Er hatte es doch versprochen! Er mußte ja kommen! Gewiß war etwas Unvorhergesehenes geschehen. Er hatte sich verspätet, aber sein Wort würde er halten. Die Bäuerin sah das Mädchen einige Male fragend von der Seite an. Was war bloß los mit ihr? Aber sie, die nie viele Worte machte, fragte nicht.

Spät am Abend weinte sich Ulrike in den Schlaf. Am anderen Tag begann sie mit demselben unruhigen und zugleich erwartungsvollen Hoffen. Heute würde er sicher kommen. Aber auch dieser Tag verging, ohne daß Andreas sich blicken ließ. Eine seltsame Unruhe erfüllte das Mädchen. War ihm etwas passiert? Immer wieder hörte man von Unglücksfällen im Gebirge, besonders jetzt im Winter beim Skisport. Wenn sie nur wüßte, wo sie ihn suchen sollte. Er hatte nur von einem Hotel unten im Tal gesprochen, in dem er mit seinen Freunden wohnte. Aber welches von den vielen in dieser Gegend mochte es sein? Sie erwog und verwarf alle Möglichkeiten. Schließlich blieb ihr der Weg, in den verschiedenen Kur- und Fremdenbüros nachzufragen. Jeder Fremde mußte ja gemeldet sein. Aber was würde man von ihr denken, wenn sie in ihrem armseligen Kleid nach dem vornehmen jungen Herrn fragte? Oh, was sollte sie nur tun? Aber sie mußte erfahren, warum Andreas nicht gekommen war.

Die Bäuerin fragte ihren Mann: »Weißt du vielleicht, was mit der Ulrike los ist? Die läuft doch schon den ganzen Tag mit verheulten Augen herum.«

»Woher soll ich das wissen?« war seine Antwort. »Das wird schon wieder vorübergehen.« Und dabei blieb es. Man war es in diesem Hause nicht gewöhnt, sich um die persönlichen Dinge des anderen zu kümmern.

Als nach acht Tagen noch immer keine Nachricht von Andreas gekommen war und er selbst auch nicht erschien, nahm Ulrike sich vor, am anderen Morgen die Bäuerin um Erlaubnis zu bitten, hinunter ins Tal steigen und nach dem Jungen forschen zu dürfen. Da brachte der Postbote ihr einen Brief. Das war ein unerhörtes Ereignis. Das ganze Jahr betrat der Briefträger dieses Haus nicht. Ulrike zitterte am ganzen Körper, als sie den Umschlag in den Händen hielt. Sie las den Absender: Andreas Pächter, Grünberg.

Sie wußte es ja, er hatte sie nicht vergessen. Es war etwas dazwischen gekommen. Jetzt würde er ihr alles erklären. Sie wagte jedoch nicht, den Brief gleich zu öffnen. Sie steckte ihn in die Schürzentasche und konnte kaum den Abend erwarten, da endlich die Arbeit getan war und sie Ruhe fand, ihn zu lesen.

Endlich saß Ulrike in ihrer kalten Kammer. Auf einem Schemel stand eine Kerze. Mit zitternden Händen öffnete sie den Umschlag. Mit seinen klaren Schriftzügen hatte Andreas geschrieben:

Liebe Ulrike!

Bestimmt hast Du sehr auf mich gewartet und mich in Deinem Innern treulos und wortbrüchig genannt. Aber ich bin beides nicht. Inzwischen werden ja auch meine beiden Freunde bei Dir gewesen sein und Dir alles erklärt haben. Aber ich will es Dir noch einmal ausführlich erklären.

Als ich am Montag ins Hotel zurückkam, wurde mir ein Telegramm überreicht. Ich ahnte gleich nichts Gutes und mußte sofort daran denken, wie unruhig ich den ganzen Tag über gewesen war. Mein Onkel aus Frankfurt telegraphierte: Nachricht von Marienka, Mutter schwerkrank im Krankenhaus.

Du kannst Dir vorstellen, wie mir zumute war. Es gab für mich kein Besinnen, ich mußte hin zur Mutter, und zwar sofort. Im Hotel erfuhr ich, daß ich möglicherweise noch den Abendzug in Oberstdorf erreichen könnte, wenn ich mich sofort auf den Weg machte. Ich glaube, ich habe kaum zwei Stunden für den Weg gebraucht, den man sonst in drei und einer Viertelstunde zurücklegt. Ein Autobus fuhr um diese Zeit nicht. Dann saß ich im Zug, der mich nach Ulm bringen sollte. Dort hatte ich wieder Aufenthalt, doch hoffte ich, noch in der Nacht auf dem Grünberg anzukommen. Ich hatte mich nicht von meinen Freunden verabschieden können, weil diese am Montag eine Skitour hinauf zu den Schafalpköpfen gemacht hatten. So hinterließ ich ihnen einige Zeilen, die ihnen mein plötzliches Verschwinden erklären sollten. Ich bat sie auch, gleich am anderen Tag zu Dir hinaufzusteigen und Dir zu erklären, warum ich mein Versprechen nicht halten konnte.

Nun aber beschäftigten sich meine Gedanken nur noch mit meiner Mutter. Du glaubst nicht, Ulrike, wie ich mich mit bitteren Vorwürfen quälte. Dazu meinte ich immer Deine Worte zu hören: Nie würde ich meine Mutter verlassen. Und ich? Ich hatte nur für mich und mein Vergnügen gelebt, hatte Skitouren gemacht, die herrliche Berglandschaft genossen, die großartige Verpflegung im Hotel gehabt und noch vieles, vieles mehr, während meine arme Mutter todkrank im Krankenhaus liegt. Der Zug schien sich im Schneckentempo zu bewegen. Ich verzweifelte beinahe. Wenn ich nur die Mutter noch lebendig anträfe! Oh, Ulrike, in diesen Stunden habe ich erst recht begriffen, was Du Arme durchgemacht hast, als Du so plötzlich Deine Mutter verloren hast.

Während der ganzen Fahrt habe ich gebetet, ich schäme mich nicht, es Dir zu sagen, Gott möge mich doch meine Mutter noch lebend antreffen lassen. Und plötzlich war es mir klar, daß mein Platz an ihrer Seite ist. Das Angebot meines Onkels, der mich im Geschäft haben will, ist verlockend. Ich weiß, der kaufmännische Beruf würde mir liegen. Aber ich wußte auf dieser Fahrt genau, daß ich meine Mutter solange nicht verlassen durfte, bis entweder Vater aus der Gefangenschaft zurückgekehrt ist oder bis Marienka soweit ist, daß sie selbständig für Mutter sorgen kann. Ich bin aber auch bereit, um Muttchens willen auf die Ausführung aller Pläne zu verzichten und dem Onkel ganz abzusagen, obgleich ihm dies eine große Enttäuschung sein würde.

Das waren meine Gedankengänge auf der Reise. Mitten in der Nacht kam ich auf dem Grünberg an. Alles war natürlich längst zur Ruhe gegangen, aber Marienka war sehr froh, als ich kam. Sie erzählte mir dann auch, wie alles gekommen war: Mutter hatte in den letzten Tagen einige Herzschwächen bekommen, und schließlich hatte der Arzt die sofortige Überführung in ein Krankenhaus angeordnet. Onkel Bruno, den Marienka voller Angst angerufen hatte, holte Mutter in seinem Wagen nach Stuttgart und brachte sie dort ins Robert-Bosch-Krankenhaus. »Ich will sie in meiner Nähe haben«, sagte er, »damit ich regelmäßig nach ihr sehen kann. Das bin ich meinem Bruder schuldig.« Onkel Bruno ist ein prächtiger Mensch, und ich glaube sicher, daß er meinen Entschluß billigen wird.

Am anderen Morgen fuhr ich dann sofort nach Stuttgart. Kathrin, die überglücklich über mein Kommen war, bettelte so lange, bis ich sie mitnahm. »Ich will mein Muttchen sehen, ich will mein Muttchen sehen!« Ach, Ulrike, und dann stand ich am Krankenbett meiner Mutter. Ich habe geweint wie ein kleines Kind, so elend sieht sie aus. Aber die Freude, mich zu sehen, schien ihr neuen Lebensmut zu geben. Jetzt weiß ich, wie sehr sie unter meinem Fortsein gelitten hat. Hätte ich geahnt, was ihr das bedeutet, ich glaube, ich wäre nie von ihr gegangen. – Wenn ich nur noch Gelegenheit habe, das Versäumte gutzumachen. Der Arzt, mit dem ich sprach, machte mir aber trotz des augenblicklich schlechten Zustandes gute Hoffnung. Einige Wochen wird sie allerdings im Krankenhaus liegen müssen. Die beste Pflege wird ihr zuteil. Denke dir, unser Onkel Bruno hat sie zweiter Klasse legen lassen. Etwa eine Stunde durfte ich bei ihr sein. Unser unruhiges Kathrinchen nahm die Schwester schon nach zehn Minuten hinaus. Draußen hat sie sich dann gleich mit einem jungen Arzt angefreundet. Als ich sie später abholte, hatte sie die Hände voll Orangen und Bananen. Sie gewinnt alle Herzen im Sturm.

Am nächsten Tag blieb ich bei unseren Verwandten in Stuttgart, damit ich Muttchen wieder besuchen konnte. Ulrike, Du glaubst nicht, wie sie sich über mein Kommen freute. In der vorhergehenden Nacht hatte sie keine Stunde schlafen können. Die Wiedersehensfreude war zu groß gewesen. Ich sagte ihr dann, daß ich mich entschlossen hätte, auf des Onkels großzügiges Angebot zu verzichten und bei ihr zu bleiben. Zuerst wollte sie es nicht. Ein solches Opfer könne sie niemals von mir annehmen, und sie dürfe meinem Lebensglück nicht im Wege stehen. Aber als ich sie todesbleich und elend in ihren Kissen liegen sah, da kam es mir so deutlich wie nie zuvor zum Bewußtsein, daß sie noch ganz andere Opfer für uns gebracht und nie nach eigenem Glück gefragt hatte. Und ich blieb bei meinem Entschluß. Da sah ich genau, wie ein Schein unbeschreiblicher Freude über ihr abgehärmtes Gesicht huschte. Sie seufzte tief auf, als sei ihr ein schwerer Sorgenstein vom Herzen gefallen.

Am anderen Tag fuhr ich wieder zurück. Man kann ja Marienka nicht mit aller Arbeit allein lassen, obgleich es jetzt im November weit weniger zu tun gibt als im Sommer. – Ulrike, ich schäme mich furchtbar, wenn ich daran denke, daß ich Mutter und Marienka während der arbeitsreichen Zeit allein ließ und indessen meinem Vergnügen lebte, wenngleich ich in Frankfurt fleißig lernte. Aber es geschah doch alles für mein persönliches Vorwärtskommen. Tante Hannedores Hof ist nämlich größer, als ich zuerst annahm, und sie haben nur einen Knecht. Es ist mir ganz klar, daß die Arbeit viel zu anstrengend für Muttchen war. Aber über eines freue ich mich: daß ich mich sofort wieder im Landleben zurechtgefunden habe. Ich habe gleich die Kühe gemolken und den Stall ausgemistet. In den kommenden Tagen soll gedroschen werden, und irgendwie ist es mir, als sei ich heimgekehrt. Kannst Du das verstehen, Ulrike? Tante Hannedore, die ein ganz prächtiger Mensch ist, freute sich sehr über mein Kommen und noch viel mehr über meinen Entschluß, hier zu bleiben. Jetzt steht mir noch die Aussprache mit meinem Onkel bevor. Es wird nicht leicht sein, zumal er schon viel Geld für meine Ausbildung ausgegeben hat. Aber er muß mich verstehen, und nichts wird mich dazu bringen, diesen einmal gefaßten Entschluß umzuwerfen.

Gebe Gott, daß Muttchen wieder gesund wird. Wir Kinder brauchen sie doch noch so nötig.

Nun habe ich aber nur von uns erzählt und nicht nach Dir gefragt. Ulrike, ich weiß, dieser Brief wird aufs neue das Heimweh in Dir wachrufen – aber sei versichert, ich habe nicht vergessen, was ich Dir versprach. Wie und womit ich Dir helfen kann, weiß ich im Augenblick noch nicht. Aber ich werde Dir helfen, darauf kannst Du Dich verlassen!

Wenn Mutter erst wieder besser dran ist, kann und werde ich mit ihr über Dich sprechen und vor allem auch mit unserer guten Tante Hannedore, die ja für alle Nöte anderer Menschen ein liebevolles Verstehen hat und immer bemüht ist, zu helfen. Das haben in ganz besonderer Weise meine Leute erfahren. Also, Ulrike, verzweifle nicht. Du weißt, wir denken an Dich. Du sollst von jetzt an nicht mehr so verlassen sein. Mir ist in diesen Tagen eingefallen, was unsere Mutter schon so oft gesagt hat: Es gibt keinen Zufall. Alles Geschehen hat Zweck und Ziel, und für einen Menschen, der mit Gott rechnet, gibt es keine Sinnlosigkeit. Muttchen trug ja auch sehr schwer an all dem Furchtbaren, was wir erlebten. Der Verlust der Heimat, das Sterben unseres kleinen Henrik, das Getrenntsein von Vater, alles das lastete sehr auf ihr, so daß sie zeitweise richtig schwermütig war. Aber ihr starkes Gottvertrauen half ihr immer wieder zurecht. Und sie sah in allem Gottes Führung.

Es kommt dir vielleicht merkwürdig vor, Ulrike, daß ich als junger Mensch in dieser Weise schreibe, aber es wird Dir gehen wie mir: Wir sind durch all das hinter uns Liegende über unsere Jugend hinausgewachsen. Wohl kann ich noch nicht wie unsere Mutter mit einer solchen Gewißheit von Führungen Gottes reden, aber ich habe hohe Achtung vor ihrer Einstellung und bewundere ihren starken Glauben und ihre Zuversicht. Und so meine ich beinahe, es wäre auch kein Zufall gewesen, daß ich ins Gebirge kam und an jenem Tag den einsamen Weg machte, auf dem ich Dich dann fand.

Ich schreibe Dir bald wieder, Ulrike. Halte noch eine Zeitlang aus. Marienka hat sich sehr gefreut, von Dir zu hören. Ich muß ihr immer wieder erzählen, wie und wo ich Dich getroffen habe. Sie läßt Dich herzlich grüßen und wird Dir in nächster Zeit selbst schreiben.

Laß Dich nun herzlich grüßen, Ulrike. Kathrin fragte, als sie von Dir hörte: »Ist das die mit den langen schwarzen Zöpfen vom Schulmeister?« Wir wollen nun die neuangeknüpfte Verbindung nicht mehr abbrechen lassen. Schreibe du uns auch recht bald.

Alles Liebe und Gute wünschen Dir
Deine Freunde aus Markeden
Andreas mit Marienka und Kathrin.

Lange saß Ulrike noch auf ihrem Bettrand. Die Kerze erlosch. Sie blieb im Dunkeln sitzen, den Brief in der

Hand. Das war ein Stückchen Heimat. Sie wußte plötzlich, daß sie nun nicht mehr verlassen war. Menschen aus der Heimat, aus Markeden, gedachten ihrer und planten, ihr zu helfen. – Sie faltete in dieser Dankbarkeit die Hände: Ich danke dir, lieber Gott, ich danke dir! Und laß doch Andreas' Mutter wieder gesund werden.

Wenn sie nun auch nicht wußte, wie sich ihr Weg weiter gestalten würde – eine große, wohltuende Ruhe zog in ihr Herz ein. Gewiß würde auch sie geführt werden, wie es richtig und gut war. Zum erstenmal seit jenem schrecklichen Tag, an dem sie die Mutter verloren hatte, schlief Ulrike getröstet ein. –

Die beiden Brüder, Andreas' Freunde, waren an jenem Abend ziemlich erschöpft von ihrer Skitour zurückgekehrt. Im Hotel angekommen, waren sie erstaunt, Andreas nicht vorzufinden. »Was fällt denn dem ein, auf eigene Faust loszugehen?« ärgerte sich der ältere von beiden. »Wir haben doch bisher alles miteinander und gemeinsam unternommen.«

Als ihnen aber der Portier mitteilte, daß der junge Herr Pächter ein Telegramm erhalten habe und sofort abreisen mußte, stutzten sie. Ein kurzer Brief, den ihnen Andreas zurückgelassen hatte, erklärte ihnen alles Weitere. Daß er sofort zu seiner schwerkranken Mutter eilte, begriffen sie, nicht aber, was es zu bedeuten hatte, als sie am Schluß der kurzen Notiz lasen: »Bitte, steigt doch morgen möglichst schon am Vormittag zur Stolpalp hinauf. Bei Merklers findet ihr ein junges Mädchen, es heißt Ulrike Matscheidt, der sagt, daß ich nicht, wie versprochen, zu ihr kommen könne, und erklärt ihr, warum ich so schnell abreisen mußte. Alles Nähere werde ich ihr schreiben.«

Die Brüder blickten sich sprachlos an. »Da hört doch alles auf! Was ist denn das für eine Geheimnistuerei?

Kein Wunder, daß Andreas nicht mit zu den Schafalpköpfen steigen wollte. Aber er hätte uns ruhig etwas von dieser Sache verraten können. Wo mag er nur dieses Mädchen kennengelernt haben? Eine schleierhafte Angelegenheit! Nein – fällt uns nicht ein, zu dieser jungen Dame hinaufzusteigen. Sie wird es schon merken, wenn der Erwartete ausbleibt. Strafe muß sein. Warum hat er uns nicht in sein Geheimnis eingeweiht! Soll sie ruhig an gebrochenem Herzen sterben!

So geschah es, daß Ulrike an jenem Tag umsonst wartete. Aber an gebrochenem Herzen starb sie deshalb nicht, außerdem hatte sie ja jetzt den langen Brief von Andreas, den sie jeden Abend ein- oder zweimal las und der ihr kostbar war wie ein Heiligtum, weil er ihr ein Stückchen Heimat war.

Die Bäuerin fragte ihren Mann: »Weißt du vielleicht, was mit der Ulrike los ist? Zum erstenmal habe ich sie singen hören. Ob das mit dem Brief zusammenhängt, den sie bekommen hat?«

Er zuckte die Achseln. »Wie soll ich das wissen? So etwas soll vorkommen, geht aber auch vorüber.«

In der ersten Dezemberwoche stieg der Briefträger wieder zur Stolpalp empor. »Erwartet ihr in Zukunft noch öfters Briefe?« knurrte er. »Dann sagt's nur gleich. Ich werde dann beim Postdirektor beantragen, daß man eure Post im Hotel ›Alpenrose‹ abgibt. Fällt mir nicht ein, immer hier heraufzuklettern.«

Der Bauer schüttelte verwundert den Kopf. »Mir schreibt keiner!« Ulrike aber eilte mit ihrer Kostbarkeit in ihr Stübchen und verstaute den Brief unter ihrem Kopfkissen bis zum Abend, wo sie Zeit finden würde, ihn zu lesen. Dieses Mal hatte Marienka geschrieben, und sie traute ihren Augen nicht, als sie ihre noch immer etwas unruhige Schrift zu entziffern suchte:

Liebe Ulrike!

Pack Deinen Koffer, denn Du sollst zu uns auf den Grünberg kommen. Ich bin ganz aufgeregt, daher kann ich Dir auch nur einen kurzen Brief schreiben, und es eilt sehr. Ich muß nämlich nach Stuttgart zu meiner Tante Britta und zu Onkel Bruno. Ich muß nicht, aber ich gehe freiwillig. Die Pflegerin meiner Base Elvira wurde nämlich telephonisch nach Hause gerufen, weil ihre Mutter plötzlich gestorben ist. Dort muß sie den Haushalt übernehmen. Elvira ist gelähmt. Nun ist das arme Kind todunglücklich. Sie hängt an dieser Schwester Elly fast mehr als an ihrer eigenen Mutter. Eine neue Pflegerin muß aber unbedingt her. Tante Britta hat es nämlich mit den Nerven zu tun und kann die Pflege ihres Kindes nicht übernehmen. Nun will Elvira unbedingt mich haben. Mir ist zwar ein wenig angst vor dieser Aufgabe und auch vor Tante Britta, aber andererseits freue ich mich doch sehr über das Vertrauen, das man mir entgegenbringt, und Onkel Bruno sagt, was ich nicht kann, das würde ich noch lernen. Er will mich Kurse in der Kranken- und Kinderpflege besuchen lassen. Stell' dir vor, Ulrike, das hätte ich mir nie im Leben träumen lassen. Zudem ist Stuttgart eine große Stadt; weißt Du, ein bißchen hat mich das ja immer gelockt.

Aber natürlich muß ich vor allem an die Erfüllung meiner Pflichten denken. Und dann freut's mich im geheimen auch, daß Tante Britta, die zuerst so ablehnend zu uns war, nun heilfroh ist, wenn einer von uns zu ihr kommt. Siehst Du: »Wer andern eine Grube gräbt, fällt selbst hinein.« Oder paßt das gar nicht hierher? Muttchen sagt – ja, denke Dir, seit drei Tagen ist sie wieder hier, das heißt, sie muß noch liegen und sich sehr, sehr schonen, aber es geht ihr doch viel, viel besser, und es ist überraschend schnell mit ihr besser geworden, ja, Muttchen sagt, wir dürften Tante Britta, die uns damals in ihrem Hause aufgenommen hat (aber es war Onkel Bruno und nicht sie), nicht im Stich lassen. Und ich soll daher so bald wie möglich nach Stuttgart fahren.

Das aber kann ich nur, wenn Du, Ulrike, zu uns kommst. Denn für Muttchen ist die Arbeit doch zu viel hier auf dem Grünberg. Andreas bleibt zwar jetzt bei uns, aber er kann doch nicht kochen, waschen und putzen. Es gibt also noch Arbeit für Dich. Ich bleibe so lange hier, bis Du kommst. Ich freue mich ganz toll auf das Wiedersehen. Komme ganz ohne Sorge! Tante Hannedore ist ein Engel. Sie läßt Dich sehr herzlich grüßen und Dir sagen, daß sie sich ganz besonders auf Dich freue. Onkel Bruno sendet Dir heute telegraphisch das Reisegeld. Wir warten jetzt nur noch auf die Nachricht Deiner Ankunft.

Sei gegrüßt von Deiner Freundin Marienka.

Unten hatte Andreas noch ein paar Zeilen an den Schluß des Briefes gefügt:

Liebe Ulrike! Du siehst, ich habe mein Wort gehalten. Daß es aber so schön und so bald sein würde, habe ich nicht geahnt.

Also herzlich willkommen auf dem Grünberg.

Andreas.

Ulrike konnte es nicht fassen. War das alles nicht ein unbeschreiblich schöner Traum? Noch vor wenigen Wochen hatte sie geglaubt, sie sei von Gott und Menschen verlassen – und nun solches? Sie weinte aufs neue, aber es waren Freudentränen.

Als sie am nächsten Tag ihren Bauersleuten die Neuigkeit mitteilte, sagte die Frau: »Das ist mir aber gar nicht recht!« Und der Bauer meinte: »Warum du hier fortgehst, verstehe ich nicht. Nirgends in der Welt ist es schöner als bei uns. Aber Heimweh soll es ja geben. Ich glaube zwar, daß das auch vorübergeht.« Als sie aber sahen, daß der Postbote mit vielem Schimpfen und Fluchen wieder zu ihnen auf die Alp stieg und der Ulrike eine ordentliche Summe Geld aushändigte, erkannten sie, daß die Sache unabänderlich war. Sie beruhigten den Briefträger: »Hör' auf mit Schimpfen, sie geht jetzt nach Stuttgart, dann kommt keine Post mehr zu uns, denn uns schreibt niemand.«

Ihren Koffer brauchte Ulrike nicht zu packen, denn sie hatte keinen. Die Bäuerin kaufte ihr aber zum Abschied ein ordentliches Kleid aus derbem Stoff, ein buntes Winterdirndl, wie man es dort im Gebirge trägt. »Weil du immer so fleißig warst«, sagte sie. »Geld können wir dir keines geben, aber du hast ja jetzt genug.« Niemand begleitete Ulrike an die Bahn. Mutterseelenallein fuhr sie mit dem Autobus nach Oberstdorf hinunter. Aber in ihrem Herzen läuteten alle Glocken der Freude. War es nicht ganz ähnlich, als wenn sie nach Hause kommen würde?

Und wieder Weihnachten auf dem Grünberg. In Tante Hannedores Zimmer hatte Frau Pächter die Kerzen am Christbaum angezündet. Nun versammelten sich alle um das Lager der Blinden, die genauso wie alle anderen frohen Herzens die Weihnachtslieder anstimmte. Und wie im Vorjahr sprach sie dann in tiefem Ernst die Weihnachtsgeschichte. Marienka und Ulrike saßen Hand in Hand auf der Ofenbank. Kathrin hatte sich in den Arm der Mutter gekuschelt. Andreas stand am Fenster gelehnt und hatte in schweigender Ergriffenheit die Hände gefaltet. Wenn nun auch alles ganz anders als geplant gekommen war, war er glücklich, mit der Mutter und den Schwestern vereint zu sein. Sein Blick blieb auf Ulrike haften. Wie hatte sie sich doch schon in der kurzen Zeit ihres Hierseins verändert. Ihre Augen begannen wieder in alter Weise zu strahlen. Mit großem Eifer und vorbildlicher Treue hatte sie Marienkas Pflichten übernommen. Jeder im Haus freute sich an ihrer frohen, sonnigen Art, die jetzt, nachdem sie wieder Lebensmut fassen konnte, zum Durchbruch kam. Ganz besonders hing sie an Tante Hannedore. Eine Seelenverwandtschaft schien die beiden zu verbinden. Es war bewundernswert, daß die Blinde es keinen Augenblick als Last empfand, ihr Haus so vielen Heimatlosen geöffnet zu haben. In rührender Selbstverständlichkeit öffnete sie auch ihr Herz jedem einzelnen von ihnen, in besonderer Weise jetzt der verwaisten Ulrike.

Nach der Bescherung saßen alle Bewohner des Hauses gemütlich um den Tisch. Mitten unter ihnen der Knecht, der zur Familie gerechnet wurde wie jeder andere.

»Wie froh bin ich«, sagte Marienka, »daß Onkel Bruno mir über Weihnachten freigegeben hat. Ich glaube, ich wäre vor Heimweh in Stuttgart vergangen.«

»Aber du sagst doch, daß du dich gut eingelebt hast und gerne dort bist«, erwiderte Andreas.

»Das ist auch so«, antwortete die Schwester. »Zuerst hatte ich große Angst, besonders vor Tante Britta, aber es ging viel besser, als ich dachte. Und was ich nie geglaubt habe, Tante Britta hat mich schon einige Male gelobt. Elvira ist ein liebes, anhängliches Kind. Es macht mir von Tag zu Tag mehr Freude, sie zu pflegen und zu versorgen. Sie wollte ja unbedingt, daß ich Weihnachten in Stuttgart verlebe, aber es zog mich doch mächtig auf den Grünberg, besonders, da wir jetzt alle beieinander sind.«

»Bis auf unseren Vater!« fügte Frau Marlene hinzu. Ihre Stimme hatte einen traurigen Klang.

»Ja, nur unser lieber Vater fehlt uns zu unserem Glück!«

Einen Augenblick lang lag eine schwermütige Stille über dem Kreis der Menschen, die bis dahin in froher Weihnachtsstimmung beieinander weilten.

Aber Tante Hannedore versuchte in ihrer feinen Art, das Trübe zu verscheuchen. Es durfte heute der Trauer kein Raum gegeben werden.

»Und daß unsere Ulrike bei uns ist, freut mich am heutigen Tag ganz besonders«, sagte sie.

»Wie hast du denn den letzten Heiligen Abend verlebt?« fragte Andreas.

»Ach«, erwiderte das Mädchen, »das ist schnell gesagt. Die Bäuerin legte mir ein paar Strümpfe auf mein Bett. ›Weil's Weihnachten ist‹, sagte sie. Dann gab es ein besseres Essen als sonst. Einen Christbaum hatten wir nicht und gesungen wurde auch nicht. Ich ging dann nachts um zwölf Uhr mit ihnen in die Christmette. Da war es schön, aber ich kam mir als Evangelische dort so fremd vor, außerdem mußte ich während des ganzen Gottesdienstes weinen, weil ich immer an die schönen Weihnachtsabende bei meinen Eltern denken mußte.«

Kathrin kletterte auf ihren Schoß und streichelte, mit dem Wunsch zu trösten, ihr Gesicht. »Arme Ulrike, jetzt brauchst du aber nicht mehr zu weinen, jetzt bist du ja bei uns auf dem Grünberg, und hier sind wir alle froh.«

Ulrike drückte das kleine Mädchen an sich. »Ja, Kathrinchen, hier bin auch ich froh.«

Die Kerzen brannten langsam nieder. Tante Hannedore bat noch um ein Weihnachtslied. Während des Singens fiel es allen auf, welch wunderschöne Stimme Ulrike hatte. Wie lange hatte sie nicht gesungen. Sie tat es heute mit bewegtem Herzen.

Nur Frau Marlene vermochte nicht mitzusingen. Ihre Gedanken suchten ihren Mann. Ob er noch lebte? Und wo mochte er dann den Heiligen Abend verbringen?

»Jetzt wollen wir aber in die Küche gehen und das Nachtessen vorbereiten«, schlug Marienka vor. »Heute abend gibt es etwas besonders Gutes: Schweinewürstchen und Kartoffelsalat.«

»Und morgen Gänsebraten!« sagte der Knecht und leckte sich in der Vorfreude die Lippen. Ach ja, Weihnachten auf dem Grünberg war erträglich. Er war in anderen Häusern gewesen, wo er es auf Schritt und Tritt empfunden hatte, daß er eben nur der Knecht war. Nein, hier konnte man es wahrlich aushalten.

Die Jugend verschwand in der Küche. Frau Marlene blieb allein bei der Blinden zurück. – Still saßen die beiden Frauen beieinander. Sie dachten beide an ihre Männer. Nur mit dem Unterschied, daß Tante Hannedore wußte, sie konnte ihren Mann bei Gott suchen, der ihn von ihrer Seite gerufen hatte, während Frau Marlene von bangen Zweifeln der Ungewißheit hin und her gerissen wurde: Lebt er noch oder ist er längst tot?

Die Blinde ahnte mit feinem Verständnis, was im Herzen Marlenes vor sich ging. Sie legte ihre Hand auf die der Freundin und sagte leise: »Wo er auch sein mag, ob unter den Lebenden oder nicht – er ist in Gottes Hand.«

»Ich weiß es«, erwiderte Frau Pächter still. »Es wäre nur leichter, Gewißheit zu haben. Aber Gott wird wissen, was er tut.«

Während die beiden Mädchen in der Küche sich mit dem Vorbereiten des Nachtessens beschäftigten, Andreas sich in ein Buch vertiefte, das er neben manchen anderen Dingen als Weihnachtsgabe von Onkel Bruno bekommen hatte, und der Knecht im Stall nach dem Rechten sah, kam Kathrin auf den Gedanken, noch einmal hinauszugehen, um zu sehen, ob es noch immer schneite.

Oh – es war ja schon dunkel geworden. Und so still.

Richtig wie es in der Weihnachtsnacht sein muß. Es hatte aufgehört zu schneien und der Himmel war mit unzähligen Sternen besät. Das sind sicher die Lichter am Himmelschristbaum, dachte Kathrin und blickte fast ehrfürchtig empor. Wie schön wäre es, wenn jetzt das Christkind daherkäme! Dann würde sie es bei der Hand nehmen und sagen: »Jetzt komm, Christkindlein, jetzt überraschen wir die anderen. Zur Tante Hannedore mußt du aber ganz nah ans Bett gehen und ihr die Hand geben. Die ist nämlich blind. Die kann dich nicht sehen. Aber was glaubst du, wie sie sich freut, wenn du zu ihr kommst.« So stand Kathrin draußen unter dem sternenklaren Weihnachtshimmel und ließ ihre Gedanken phantasiereich wandern.

Da sie kein Mäntelchen angezogen hatte, wurde es ihr kalt, sie wollte wieder ins Haus gehen. Da hörte sie Schritte; schlürfend, unsicher. Sie wandte sich um. Im hellen Mondenschein sah sie, daß ein Mann langsam vom Tal heraufstieg, wobei er sich auf einen Stock stützte. Er blieb öfters stehen, sich suchend umblickend. Einen langen Bart hatte er auch. Je näher er kam, desto deutlicher sah Kathrin die Ärmlichkeit seiner Kleidung. Sein Kittel schien alt und schäbig und seine Hosen waren zerrissen. Und als Kathrin genau hinsah, bemerkte sie, daß er gar keine richtigen Schuhe trug, sondern Lumpen um seine Füße gewickelt hatte. Der arme Mann!

Kathrin aber hatte keine Angst, sondern ging auf ihn zu und sagte: »Der Nikolaus kannst du nicht sein, denn der hat bessere Kleider als du. Aber was tust du denn jetzt allein auf der Straße, wo es doch Weihnachten ist, und wohin willst du?«

Der Fremde blieb vor Kathrin stehen und sagte freundlich: »Du bist ja auch ganz allein auf der Straße.«

»Ja«, plauderte Kathrin lebhaft weiter. »Ich wollte nur

mal sehen, ob es noch schneit. Aber jetzt geh' ich wieder in die warme Stube, es wird mir hier draußen zu kalt. Nun sag du mir aber auch, wo du Weihnachten feierst.«

»Ach, Kind«, erwiderte er, »zuerst muß ich einmal meine Leute finden. Vielleicht kannst du mir sagen, wo hier eine Frau Pfleiderer wohnt.«

»Frau Pfleiderer? – Ja, die wohnt hier und heißt Tante Hannedore.«

»Und kannst du mir sagen«, fuhr der Mann fort, »ob bei ihr eine Frau Pächter lebt?«

»Das ist doch mein Muttchen!« Kathrin begriff nicht, wie der Mann so fragen konnte. Das war doch alles selbstverständlich und wußte doch jeder. In diesem Augenblick ließ der Fremde seinen Stock fallen, nahm das völlig überraschte Kind in seine Arme, drückte es an sich und schluchzte: »Dann bist du also meine kleine Kathrin, mein Töchterlein – und ich habe dich nicht einmal erkannt.«

Kathrin stemmte die Arme gegen seine Brust und schaute ihm forschend ins Gesicht. Dann fragte sie: »Bist du also unser Vater? Aber dein Bart kratzt! – Nun brauchst du aber nicht mehr zu weinen, komm nur mit ins Haus, bei uns gibt's nämlich heute abend Hühnersuppe und Kartoffelsalat und Schweinswürste – und morgen Gänsebraten –, und deine zerrissene Hose wird dir Muttchen schon wieder flicken. Komm, ich vergehe sonst vor Kälte!«

Aus dem Innern des Mannes stieg noch einmal ein krampfhaftes Schluchzen hervor. Dann hob er seinen Stock vom Boden auf und schritt an der Hand des Kindes langsam, als wenn ihm das Gehen große Schmerzen bereitete, dem Hause zu.

Die beiden Mädchen hatten inzwischen den Tisch zum Nachtessen gedeckt. Eifrig gingen sie hin und her von der Küche zu Tante Hannedores Zimmer, wo gegessen werden sollte.

»Andreas, leg du noch einige kleine Tannenzweige auf das weiße Tischtuch«, sagte Ulrike. »Heute muß es ganz festlich sein.«

In diesem Augenblick wurde die Küchentür aufgestoßen. Kathrin stand mit einem Mann auf der Schwelle und rief mit lauter Stimme: »Muttchen, Muttchen, der Vater ist da. Aber er hat zerrissene Hosen an. Du mußt sie gleich flicken – und einen kratzigen Bart hat er auch.«

Zuerst war alles still, wie gelähmt, dann ließ Marienka die Gabeln auf die Erde fallen, stürzte aus Tante Hannedores Zimmer in die Küche und rief: »Ja, ist es denn möglich? Ist es denn wirklich möglich?« Und dann hing sie dem Vater am Hals. Andreas war totenbleich geworden. Dann aber wandte er sich zuerst der Mutter zu. »Muttchen, liebe Mutter – hast du's gehört? – Der Vater ist da! – – Komm – – jetzt erst wird's in Wirklichkeit Weihnachten.« Und er führte Frau Marlene, die am ganzen Körper zitternd kein Wort hervorbrachte, zu ihrem Mann.

»Nun weinen sie alle!« stellte Kathrin nach einer Weile staunend fest, »wo es doch nur zum Freuen ist!«

Ulrike war schüchtern aus der Küche hinüber zu Tante Hannedore gegangen. Sie lehnte den Kopf ans Fenster und blickte hinaus in die winterlich schöne Landschaft. Wie freute sie sich für Frau Pächter und deren Kinder, daß der langersehnte Vater nun endlich, endlich heimgekehrt war. Das war doch das aller-allerschönste Weihnachtsgeschenk. Aber wie würde es jetzt weitergehen? Ob sie nun auch hierbleiben durfte? Ob überhaupt Pächters hierbleiben? Und plötzlich wollte der alte Jammer, den Ulrike glaubte hier oben überwunden zu haben, aufs neue und mit bisher nie gekannter Gewalt über sie hereinbrechen. Ach, warum hatte sie Vater und Mutter verloren? Warum mußte sie heimatlos sein? Und was sollte weiter aus ihr werden? Hieß es nun für sie wieder fortziehen zu müssen, zu fremden Menschen?

Der Blinden feines Ohr vernahm das unterdrückte Schluchzen vom Fenster her. Und wie gut verstand sie, was in dem Mädchenherzen jetzt vor sich ging.

»Ulrike«, rief sie mit leiser Stimme, »komm her zu mir.« Das Mädchen gehorchte. »Gib mir deine Hand«, bat Tante Hannedore. »So – und nun will ich dir etwas sagen. Wir wollen uns beide von Herzen an dem großen Glück freuen, das über unsere lieben Pächters heute gekommen ist, und wir wollen nicht unseren eigenen Jammer aufs neue hervorholen. Ich verstehe dich so gut, mein Kind, denn es geht mir ähnlich wie dir. Gerade heute habe ich unbeschreibliche Sehnsucht nach meinem guten Mann – so wie du dich nach deinen Eltern sehnst, und nun wollen wir beide zueinander gehören wie Mutter und Kind. Ich habe mich nach einem Töchterchen gesehnt. Ulrike, willst du ›Mutter‹ zu mir sagen?«

Da lehnte das junge Mädchen den Kopf an die Schulter der Blinden und sagte unter Tränen nichts anderes als »Mutter, liebe Mutter«! Frau Pfleiderer aber faltete in tiefer Bewegung die Hände und flüsterte: »Ich danke dir, Gott, das ist mein schönstes Weihnachtsgeschenk!« Dann aber wandte sie sich an Ulrike: »Schnell, Kind, steck neue Kerzen auf und zünde sie an. Der Heimgekehrte soll sehen, daß Weihnachten ist!«

Silvesterabend. Durch den verschneiten Wald schritten Vater und Sohn. Vom Tal herauf läuteten die Glocken. Rudolf Pächter stützte sich schwer auf seinen Sohn. Seit dem Weihnachtsabend hatte er das Haus nicht verlassen. Seine Frau hatte beinahe Tag und Nacht die wunden Füße behandelt. Jetzt war es soweit, daß er wieder Schuhe anziehen und langsam einige Schritte wagen konnte. Und während Frau Marlene mit Ulrike die Vorbereitungen für den letzten Abend des Jahres traf, der in harmonisch festlicher Weise mit Tante Hannedore begangen werden sollte, hatte der Vater das Bedürfnis, mit seinem großen Sohn einen einsamen Weg zu gehen.

Eine ganze Weile waren sie schweigend nebeneinander her gegangen. Dann sagte Andreas: »Ist es nicht beinahe traumhaft unwirklich, Vater, daß wir beide hier auf dem Grünberg durch den schweigenden Winterwald gehen? Das hätten wir uns nie träumen lassen, als wir vor Jahren miteinander am Meeresstrand in Markeden standen. Weißt du noch, Vater, jenen Abend, wo ein Schiff gestrandet war? Das ganze Dorf war versammelt. Rettungsboote waren hinausgefahren. Eine große Erregung hatte sich aller bemächtigt. Eine Anzahl Menschen konnte gerettet werden. Etliche waren aber auch im Meer ertrunken.«

Der Junge schwieg eine Weile. Dann fuhr er fort: »Weißt du, Vater, als wir aus Markeden flüchten mußten und all die schweren Wochen und Monate folgten, als Muttchen so sterbenskrank war und wir hin und her geworfen wurden, als wir nach Stuttgart kamen und auch dort mit so mancherlei unerwarteten Schwierigkeiten zu kämpfen hatten, du weißt ja, daß Tante Britta uns nicht besonders freundlich empfing – da war mir oft zumute, als seien wir auch Schiffbrüchige. Und manchmal hatte ich das Empfinden, daß wir überhaupt nie mehr zur Ruhe kommen würden.

Aber jetzt muß ich oft staunen. Ist es nicht wie ein Wunder, daß Muttchen Tante Hannedore kennenlernen mußte? Sie war einsam und nach ihres Mannes Tod völlig hilflos. Sie brauchte uns und wir brauchten sie. Nie hätten wir uns träumen lassen, daß der Grünberg mit seiner schönen Umgebung unsere neue Heimat werden würde.

Und nun möchte ich gerne wissen, wie alles weitergeht. Ich bin nur froh, daß Tante Hannedore dir gleich am ersten Abend deines Hierseins sagte, du sollest dich jetzt hier zu Hause fühlen, und unter keinen Umständen würde sie uns wieder fortlassen. Und du sollst nur sehen, Vater, wie nett die Dorfleute zu Muttchen geworden sind, nachdem sie sie zuerst als lästigen Eindringling und unerwünschten Flüchtling betrachtet hatten. Es kommt mir alles geradezu wunderbar vor.

Nur frage ich mich in diesen Tagen immer wieder, ob es jetzt nicht doch richtiger wäre, wenn ich Onkels wiederholtem Drängen, zu ihm zu kommen, nachdem du heimgekehrt bist, nachgeben sollte. So groß ist Tante Hannedores Landwirtschaft nicht, daß sie uns allen Arbeit gäbe und ernähren könnte. Als Muttchen vor einigen Wochen wieder so krank war und du noch in Gefangenschaft, da war es mir klar, daß mein Platz an ihrer Seite und ich alle persönlichen Wünsche in den Hintergrund stellen müsse. Nun aber stehen aufs neue diese Fragen vor mir auf. Was soll ich tun, Vater?«

Rudolf Pächter antwortete nicht gleich. Das Gehen wurde ihm noch immer sichtlich schwer. So blieb er stehen, wandte sein hageres, von Furchen durchzogenes Gesicht seinem Sohn zu und sagte: »Es ist viel auf einmal, was ich dir beantworten soll, Andreas. Aber höre, was ich dir zu sagen habe: Ich bin als alter, müder Mann zu euch zurückgekehrt. Es wird schon einige Zeit brauchen, bis ich wieder einigermaßen zu Kräften gekommen bin, um als wirkliche Arbeitskraft etwas leisten zu können. So lange bitte ich dich, bei uns zu bleiben. So vergeht auch etwas Zeit, in der du dich besinnen und vor allem nach innen horchen kannst, damit du Klarheit über deine Zukunft bekommst. Wenn du dann noch immer Freudigkeit hast, zu meinem Bruder nach Stuttgart zu gehen und in sein Geschäft einzutreten, dann soll dir nichts in den Weg gelegt werden. Du hast Gaben und Fähigkeiten, und das legt auch eine gewisse Verpflichtung auf dich und uns. Vor allem aber, mein Sohn, lerne in deinem Leben nach dem Willen Gottes zu fragen. Glaube mir, so schwer die Zeit der Gefangenschaft für mich war, so segensreich war sie auch. Nie vorher ist mir das Wort aus dem 37. Psalm so groß geworden: ›Sei stille dem Herrn und warte auf ihn!‹ Jahr um Jahr in Ungewißheit als Gefangener zubringen zu müssen ohne Nachricht von daheim, zermürbt in Sorgen und Bangen um seine Lieben, das ist unsagbar schwer. Wenn man aber von diesem ›Warten auf Gottes Ratschluß‹ und von diesem Stillesein vor ihm weiß, dann wird alle Sinnlosigkeit aufgehoben und man erfährt Gottes wunderbare Führung, auch wenn es rings um einen her stockdunkle Nacht ist. Heute verstehst du dies vielleicht noch nicht so recht, mein Junge. Gebe Gott, daß es dir einmal genauso zur lebendigen Erkenntnis wird wie mir!

Es ist schwer, die Heimat zu verlieren und von fremden Menschen abhängig zu sein, es ist schwer, als gealteter, kranker Mensch plötzlich vor den Trümmern seines Lebens zu stehen, aber all dies kann dazu dienen, daß wir innerlich zu wertvollen und gereiften Menschen werden, die den Sinn des diesseitigen Lebens darin sehen, dem Jenseitigen entgegenzuwachsen. Erinnerst du dich noch an den Vers, Andreas, den wir manchmal in der Heimatkirche in Markeden gesungen haben? Er lautet:

Ewigkeit, in die Zeit leuchte hell hinein,
daß uns werde klein das Kleine
und das Große groß erscheine,
sel'ge Ewigkeit!

Als ich mich am Vormittag des Heiligen Abends dem Haus von Onkel Bruno in Stuttgart näherte, da war mir auch recht bange zumute. Seit Jahren hörte ich nichts mehr von euch. Die nächsten Augenblicke würden die Entscheidung bringen, ob er irgendwelche Nachricht über euren Verbleib hatte oder ob ich euch gar bei ihm finden würde oder nicht. –

Glaube mir, Andreas, ich habe innerlich um Kraft gerungen, stark zu bleiben und nicht an Gott zu verzweifeln, ganz gleich, wie auch die Nachricht sein sollte, die ich erhalten würde.

Und dann war alles so wunderbar. Onkel Bruno weinte vor Freude, mich zu sehen. Leider lag er mit einer Grippe zu Bett, sonst hätte er mich mit seinem Wagen heraufgefahren. Auch Tante Britta war äußerst nett zu mir und sprach in liebevoller Weise über Mutter und euch andere. Marienka hat sie sogar sehr gelobt und mir erzählt, wie sie so gut und sorgsam mit der gelähmten Elvira umgehen könne. Ein so krankes Kind zu haben, ist auch kein Leichtes, Andreas. Vergiß es nie, kein Menschenleben ist ohne Last.

Ich ließ mich an jenem Tag nicht halten. Mit dem nächsten Zug bin ich ins Filstal gefahren und mit großer Mühsal auf meinen wunden Füßen den Berg hinaufgestiegen. Ich wollte doch mit euch Weihnachten feiern!

Und nun bin ich hier, bei euch, bei meinen Lieben – und dieser herzensguten blinden Frau. Wie es nun weitergehen soll? Ach, Andreas, ich kann dir das nicht sagen, aber das ist auch nicht schlimm. Wir setzen einen Schritt vor den anderen und bemühen uns einen Tag um den anderen, das Rechte zu tun – das andere dürfen wir Gott überlassen. Er, der die Vögel unter dem Himmel versorgt, wird auch uns geben, was für uns gut ist. Nun aber komm, die Kälte tut meinen Füßen nicht gut!«

Langsam gingen sie zurück, Rudolf Pächter auf seinen Sohn gestützt.

»Ich danke dir auch«, sagte plötzlich der Vater, »daß du der Mutter so treu zur Seite gestanden bist, solange ich fort war.«

»O Vater, du hattest doch gesagt, daß du sie mir anvertraust, als du fortgingst. Daran habe ich immer denken müssen. Und dann noch eins, Vater. – Sag, wie gefällt dir Ulrike?«

»Ulrike? Gut gefällt sie mir. Ich bin so froh, daß sie hier ebenfalls eine Heimat gefunden hat.«

»Vater, ich bin jetzt achtzehn Jahre alt . . .« Er schwieg und suchte nach weiteren Worten. »Wir waren doch schon während der Schulzeit eng befreundet. – Ich meine . . .«

»Ich meine«, unterbrach ihn der Vater, »gerade hier lernst du auch, was das Wort bedeutet, das ich dir vorhin schon sagte, das Wort vom Stillesein und Warten. Es ist noch verfrüht, darüber zu reden, und notwendig zu warten, bis du vollkommen Klarheit darüber hast. Außerdem solltest du noch ein wenig älter sein, wenn du heiratest…«

»Ja, Vater, ich will stille sein und warten. Aber ich bin so froh, daß du mich verstehst.«

»Ich werde mich immer bemühen, dich zu verstehen, Andreas. Doch nun komm. Man wartet zu Hause auf uns. Das alte Jahr geht zu Ende.«

»Und ein neues beginnt, Vater, ein neues Jahr und eine neue Zukunft!«

Weitere Erzählungen von Elisabeth Dreisbach
als Taschenbuch-Ausgaben:

Herz zwischen Dunkel und Licht
141 Seiten. Taschenbuch Nr. 1

Es wird ein Schwert durch deine Seele dringen
188 Seiten. Taschenbuch Nr. 2

Ganz wie Mutter
159 Seiten. Taschenbuch Nr. 3

Heilige Schranken
271 Seiten. Taschenbuch Nr. 4

...und alle warten
253 Seiten. Taschenbuch Nr. 5

Wenn sie wüßten...
253 Seiten. Taschenbuch Nr. 6

Glied in der Kette
256 Seiten. Taschenbuch Nr. 7

Steffa Matt
190 Seiten. Taschenbuch Nr. 8

Die Lasten der Frau Mechthild
243 Seiten. Taschenbuch Nr. 9

Des Erbguts Hüterin
239 Seiten. Taschenbuch Nr. 10

...und dennoch erfülltes Leben
Fortsetzung der Erzählung »Des Erbguts Hüterin«
243 Seiten. Taschenbuch Nr. 11

Der dunkle Punkt
212 Seiten. Taschenbuch Nr. 12

Die Versuchung der Chiara Frohmut
240 Seiten. Taschenbuch Nr. 13

Große Not im Kleinen Kaufhaus und anderes
240 Seiten. Taschenbuch Nr. 14

...und haschen nach Wind
267 Seiten. Taschenbuch Nr. 15

Was dein Herz wünscht
Fortsetzung der Erzählung »...und haschen nach Wind«
240 Seiten. Taschenbuch Nr. 16

...und keiner sah den Engel
246 Seiten. Taschenbuch Nr. 17

Lisettens Tochter
256 Seiten. Taschenbuch Nr. 18

Du hast mein Wort
277 Seiten. Taschenbuch Nr. 19

...daß Treue auf der Erde wachse
Fortsetzung der Erzählung »Du hast mein Wort«
256 Seiten. Taschenbuch Nr. 20

Alle deine Wasserwogen
254 Seiten. Taschenbuch Nr. 21

Die zerrissene Handschrift
Fortsetzung der Erzählung »Alle deine Wasserwogen«
248 Seiten. Taschenbuch Nr. 22

CHRISTLICHES VERLAGSHAUS STUTTGART

In Gottes Terminkalender
256 Seiten. Taschenbuch Nr. 23

Kleiner Himmel in der Pfütze
Fortsetzung der Erzählung »In Gottes Terminkalender«
256 Seiten. Taschenbuch Nr. 24

Eine Hand voll Ruhe
205 Seiten. Taschenbuch Nr. 25

Das verborgene Brot
223 Seiten. Taschenbuch Nr. 26

Was dir vor die Hände kommt
Fortsetzung der Erzählung »Das verborgene Brot«
256 Seiten. Taschenbuch Nr. 27

Ich aber meine das Leben
238 Seiten. Taschenbuch Nr. 28

Liebe ist immer stärker
206 Seiten. Taschenbuch Nr. 29

Ein Freund wie du
220 Seiten. Taschenbuch Nr. 30

Die Kinder von Markeden
192 Seiten. Taschenbuch Nr. 31

CHRISTLICHES VERLAGSHAUS STUTTGART